은밀한 여행

길 위의 시인, 이용한의
소금처럼 빛나는 에세이

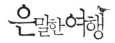

초판 1쇄 | 2007년 5월 14일

지은이 | 이용한
발행인 | 양원석
편집인 | 김우연
기획 | 함명춘
인쇄 | 미래프린팅
펴낸 곳 | 랜덤하우스코리아(주)
주소 | 서울 강남구 삼성동159번지 오크우드호텔 별관 B2
내용문의 | 02-3466-8935·8851
구입문의 | 02-3466-8953~5
홈페이지 | www.randombooks.co.kr

등록 | 2004년 1월 15일 제 2-3726호
값 12,000원

ISBN 978-89-255-0892-4 (03810)

길 위의 시인, 이용한의 소금처럼 빛나는 에세이

은밀한 여행

| 글·사진 이용한 |

랜덤하우스

지난 10년간 떠돌았다. 시 쓴다는 놈이 잡문이
나 쓴다고 어지간히 욕도 먹었다. 사실 나의 여행과 여행에 대한 글쓰기
는 시가 밥 먹여 주지 않는 현실의 불가피한 생계형 글쓰기였고, 어쩔 수
없는 호구지책이었다. 그렇다고 여행만 해서 먹고 산다는 것도 현실을
모르는 심간 편한 소리였으니, 이제껏 나의 여행은 지지부진하고 윗돌
빼서 아랫돌 괴기에 바빴다.

석탄 가루가 날리는 도계의 저녁 여인숙에서, 팽목 항구에 나앉은 바닷
가 민박집에서 나는 몇 번이나 나의 역마살을 탓했다. 도마령 길목의 상
촌 굴다리 눈길에서, 폭설을 뚫고 기어이 올라간 윗면옥치 길 위에서 한
번 더 나는 부딪히고 미끄러졌다. 그렇지만 나는 자꾸 비릿하고 덜컹거
리며 갸륵한 곳으로 가야만 했다. 나에게는 오라고 한 적도 없는 31번 국
도가 눈앞에 펄럭였고, 꽃 피는 샛령 숲길이 발목을 잡아끌었다. 봄에는

4

남해 물미도로의 향긋한 바람이 나를 불렀고, 가을이면 외롭고 높은 황조리의 산마루가 그리웠다.

툭하면 나는 바람난 정부처럼 몰래 집을 빠져나가 산골이며 바닷가에 숨어 사는 애인을 찾아다녔다. 순전히 세상 물정 모르는, 때 묻지 않은 순진한 애인이 좋아서 이 알량한 사랑은 기둥뿌리 썩는 줄도 몰랐다. 그러니까 이 책은 세상의 은밀하고 순진한 애인과의 연애담이며, 민망하고 부끄러운 세월의 고백 같은 것이다. 내가 몰래 만난 길과 자연과 마을과 사람에 대한 숨겨 둔 이야기들.

나에게 인생과 여행과 길과 시는 뒤엉킨 한 몸이고 한 뿌리다. 길 위에서 나는 나무와 바람을 보았고, 구름과 적막, 언덕과 하현에 감개하였다. 때로는 다리가 아팠고, 때로는 마음이 아팠다. 10년간의 풍찬노숙에 나는 곤하고 더러 망가졌지만, 그것은 모든 여행자의 운명이고 비극이다. 어딘가에 내가 만나지 못한 행복한 풍경이 존재하는 한, 나는 또 그것을 만나기 위해 야금야금 길을 먹어 치우는 길의 미식가로 살아 볼 참이다.

2007년 늦봄에
이용한

: 차 례

인제 마장터 가는 길

문명을 비켜선
은밀한 산중마을

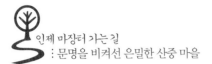

인제 마장터 가는 길
: 문명을 비켜선 은밀한 산중 마을

길은 음미하는 것이다. 더더욱 바퀴가 다닐 수 없는 조붓한 길에서는 게으른 길의 미식가가 되어야 한다. 자동차라는 수단이 우리에게 속도를 선물하고 편리와 여분의 시간을 가져다주었지만, 우리는 자동차가 갖다 바친 시간만큼 또 다른 곳에서 바빠졌다. 운전석에 앉아 있었던 만큼 몸은 무거워졌으며, 길에다 버린 매연만큼 우리는 오염되었다. 그렇다고 이제 와서 자동차에 중독된 삶의 속도와 관성을 버리라는 것도 파시스트적 발상이다. 분명한 것은 운전석에 찰싹 엉덩이를 붙이고 있는 한 저 나무와 강물, 바람은 그저 휙 지나갈 따름이다. 풍경이란 걸음을 멈춘 자에게 반응하며, 다가서지 않고는 다가오지 않는다.

마장터 가는 길은 바퀴가 갈 수 없는 길이다. 그래서 더욱 마음을 잡아당기는 길. 길은 미시령 '창바우'라는 곳에서 제법 수량 많은 계곡을 건너야 시작된다. 그것도 눈을 씻고 보지 않으면 보이지 않는다. 산사람들

⋮

마장터 입구에 서 있는 '환경보전지역 무단출입금지' 팻말.

13

은 이 길을 샛령길이라 부른다. 이 길을 아는 사람은 드물어서 같은 용대리 사람을 붙잡고 물어봐도 절반 이상은 고개를 가로젓는다. 옛날 인제나 원통의 지게꾼들은 감자나 잡곡을 지고 이 샛령길을 넘었고, 고성이나 속초의 마부들은 소금을 싣고 반대쪽을 넘어와 마장터에 이르렀다. 그 옛날 마장터는 난장으로 물물교환을 하던 산중 장터였던 셈이다. 마장터라는 이름도 바로 이곳에 마방과 장터가 있었다는 데서 비롯하였다.

길은 계곡을 따라 실낱처럼 이어지다가 이내 은밀한 숲으로 꼬리를 감춘다. 숲은 원시림처럼 울창하고, 이끼에 덮인 계곡이 이따금 관능적인 자태를 드러낸다. 곰이라도 나올 것만 같은 무섭도록 적막한 숲길. 신비가 드리운 계곡의 그늘. 숲의 영혼, 나무의 정령들에게 나는 잠시 고개를 숙인다. 들어가도 되겠느냐고. 이 숲에 때 묻은 발을 들여놓아도 되겠느냐고. 다행히 숲의 정령이 가볍게 물푸레나무 잎들을 흔들어 주었다. 그늘에 들어앉은 키 작은 은방울꽃도 보여 준다. 이곳에서 사람을 만날 확률은 멧돼지를 만날 확률보다 훨씬 낮다. 내 옆에는 낮게 깔린 적막과 적막을 적시는 계곡과 하늘에 잠긴 나무들, 숨찬 언덕과 평화, 거친 숨소리뿐이다.

유혹하는 숲의 표정

지난가을에도 나는 이곳을 지나갔다. 비가 왔었고, 그날은 안개가 자욱해서 숲은 더없이 비현실적으로 보였다. 길에는 붉고 노란 갖가지 단풍이 융단처럼 깔려 아른아른했다. 숲의 표정은 사계절이 다르다. 가을은 엄숙하고 봄은 생기에 넘친다. 봄의 나뭇잎은 햇빛 속에서 은전처럼 빛나곤 한다. 니코스 카잔차키스는 『영혼의 자서전』에서 "나뭇잎을 손으로 잡고 햇살에 비춰 보면 거기서 창조된 우주 전체의 기적이 보인다"고 했다. 아무래도 그는 봄의 나뭇잎을 본 게 분명하다. 봄에는 모든 나뭇잎이 분명하고 투명하다. 햇살에 비춰 보면 실핏줄처럼 얽혀 있는 잎맥이 다 드러난다. 나무는 그 자체로 한 채의 집이며, 번성한 가계다. 나는 가끔 비탈에 버티고 선 나무에게서 군더더기 없는 근육질의 남성을 본다. 무성하게 잎을 달고 가지를 내린 나무에게서 포근하고 아늑한 여성을 느낀다.

과거 강원도 사람들은 숲으로 나무하러 갈 때 강원도 나무타령을 잘도 불렀다. 동네마다 노랫말도 다르고 음정도 다르지만 대개는 이런 식이다. 엎어졌다 엄나무, 잘 참는다 참나무, 낮에 봐도 밤나무, 자장자장 자작나무, 늙었구나 느티나무, 방귀 뽕뽕 뽕나무. 아무래도 이런 숲길에서 불러야 제격인 노래가 나무타령이고, 음정 박자 무시하고 불러야 더 제격인 노래가 나무타령이다. 봄나무 그늘에는 노골적으로 벌레를 유혹하는 봄꽃이 천연하다. 얼레지, 피나물, 은방울꽃, 벌깨덩굴, 봄구슬봉이, 낚시제비꽃, 홀아비바람꽃. 어디서나 꽃 피는 숲은 건강하고 부유하다. 꽃 피는 숲은 벌레를 유혹하고, 새와 짐승을 불러들여 풍요한 숲의 일가를 이룬다.

조붓한 산길을 조금만 벗어나도 푸슬푸슬한 흙을 밟고 지나간 알 수 없는 존재의 발자국을 도처에서 만난다. 나는 언젠가 읽었던 톰 브라운의 『자연에 미친 사람』의 한 구절을 떠올렸다.

마장터의 오두막 샛집.

⋮
1 정준기 씨가 아침에
산에서 채취해 온 나물을 다듬고 있다.
2 마장터에서 30여 년을 살아온 샛집 주인 정준기 씨.
3 정준기 씨가 나물을 캐러 배낭을
지고 집을 나서고 있다.

첫 번째 자취는 어떤 연속선의 한쪽 끝이다. 반대쪽 끝에서는 한 생물이 움직이고 있다. 알 수 없는 어떤 것이 걸음걸음마다 자신에 관한 힌트를 떨어트리고 있는 것이다.

숲에서 한 존재의 족적은 그 존재의 족보이다. 숲의 가계는 수많은 족적과 족보로 이루어져 있다. 다만 이곳에서는 족보에도 없는 내가 유일한 침입자이다. 침입자의 낯선 발자국이 뚜벅뚜벅 작은 샛령을 넘어간다.

내내 계곡을 따라가던 길은 작은 샛령에 이르러 비탈진 고개를 넘는다. 이 고개를 넘어가면 마장터가 지척이다. 고개를 사이에 두고 이쪽과 저쪽의 풍경은 사뭇 달라진다. 이쪽은 활엽수가 많고, 저쪽은 침엽수가 많아서 이쪽은 녹음이 짙고, 저쪽은 숲이 훤하다. 저쪽에서 낙엽송 숲길을 만났다는 것은 마장터에 다 왔다는 것이다. 꽤나 넓은 이곳의 낙엽송 지대는 30여 년 전 부대기꾼(화전민)을 내쫓고 그들의 터전이었던 불밭(화전)과 집터에 새로 조림한 것이다. 한때 마장터에는 30여 가구가 마을을 이루어 살았다. 오래 전에는 장사치들이, 난장이 파한 뒤에는 산판을 따라나선 벌목꾼과 부대기꾼과 약초꾼들이 터를 잡고 살았다. 그러다 70년대 화전민 정리 사업으로 마을은 한순간에 쑥대밭으로 변했다. 다행히 쑥대밭 신세를 면한 곳은 지금까지 남아 있는 두 채의 샛집뿐이다. 두 채의 샛집이 무사할 수 있었던 까닭은 당시 '백씨'라는 사람이 땅을 3000평가량 사 놓음으로써 마을의 일부가 사유지가 되었기 때문이다.

타임머신을 타고 30년 전으로

미시령 '창바우'에서 한 시간 남짓 걸어서 당도한 마장터. 설악산 북쪽 한복판에 이런 숨겨진 마을이 있다는 것이 믿겨지지 않는다. 분명 이곳의 풍경은 70년대의 낡은 흑백사진에서나 만날 수 있는 풍경이다. 마장터에 있는 두 채의 샛집에는 백승혁 씨(53)와 정준기 씨(62)가 각각 살고 있다. 지난가을 찾아와 한나절 신세를 졌던 정씨는 다행히 집에 있었다. 그는 장작을 잔뜩 쌓아 놓은 샛집 마당에 나앉아 나물을 다듬고 있었다. 아침에 뜯어 와 오후에는 내다 팔 것이란다. 정준기 씨는 약초꾼이자 나물꾼이다. 봄에는 나물, 여름에는 약초, 가을에는 버섯을 따서 생계를 꾸려 간다. 가끔 뱀도 잡아서 판다. 요즘에도 그는 새벽 5시면 일어나 집을 나선다. 산에 다니는 사람은 부지런한 만큼 그 대가를 받기 때문이다.

그가 마장터로 들어온 것은 30여 년 전이다. 그는 눈이 내리면 가족이 있는 속초에 나갔다가 눈이 녹을 때쯤 다시 마장터로 들어온다. 윗집에 사는 백씨도 겨울이면 나간다고 하니, 겨울에는 마장터가 텅 빈다. 마장터에는 유난히 눈이 많이 온다. 지난 1993년에는 135센티미터라는 기록적인 폭설량을 기록한 적도 있다. "여가 샛령(소간령)이요. 저 인제에설라무네 사람들이 무곡(옥수수)을 싣고서 넘어오면, 저기 고성에서는 그때 소금 굽는 데서 그 소금을 당나귀에 싣고 넘어와 여서 물물교환을 해. 여기에 그 전에는 주막도 있었고, 마방도 있었어. 저기 오다 보면 낙엽송 있잖아. 거기가 그 전에는 다 밭이었어. 박통 시절에 한 집에 30만 원씩 주고는 다 내쫓았지." 이런 마장터의 역사는 어디에도 기록된 것이 없다. 오로지 마장터 사람들의 입에서 입으로 전해질 뿐이다.

정씨에 따르면 20년 전까지 이곳에 있는 두 채의 집은 모두 굴피집이었다고 한다. 그러나 굴피 채피가 어려워지면서 억새를 베어다 지붕을 덮었다. 지금도 윗집은 억새 지붕 속에 그 옛날 덮어놓은 굴피가 다 드러난다. 샛집이란 말 그대로 억새로 지붕을 덮은 집을 말한다. 멀리서 보면 초가와 다를 바 없지만, 좀 더 거칠고 투박한 집이 샛집이다. 현재 정씨가 머물고 있는 샛집은 한 칸짜리 오두막집이다. 방 안은 두 사람이 발을 뻗으면 장작 한 개비 들어갈 틈도 나지 않는다. 말 그대로 오막살이다. 바깥벽은 통나무를 쌓아 올린 귀틀로 되어 있고, 나무 틈새에는 꼼꼼하게 흙고물을 발라 놓았다. 이에 비해 윗집인 백씨네 샛집은 세 칸쯤으로 좀더 크다. 본채 뒤에는 뒷간과 헛간채도 따로 두었는데, 모두 억새 지붕에 귀틀집이다. 이래저래 두 명이 사는 마장터에는 사람보다 샛집이 훨씬 많다.

워낙에 깊은 산중인지라 마장터에는 아직 전기조차 들어오지 않는다. 방에서는 아직도 등잔불을 켜고, 아궁이에서 꺼낸 불씨를 화덕에 담아

거기에 라면을 끓이고 밥을 한다. 당연히 냉장고도 없다. 개울 옆 우물이 차고 시원한 냉장고여서 김치며 찬거리는 다 거기에 둔다. 하지만 정씨는 이제껏 불편을 모르고 살았다고 말한다. 하긴 불편함을 느꼈다면 애당초 이곳에 살기를 포기했을 것이다. 내가 불편하다고 다른 사람도 불편할 거란 생각은 최소한 마장터에서는 통하지 않는다. 분명 이 문명화된 세상에 마장터는 비문명의 방식으로 엄연히 존재한다. 서울과는 전혀 다른 지층 연대 위에 마장터는 존재한다.

마장터에서 나는 내가 살아가는 시간과 전혀 다른 시간을 만났다. 한 시간쯤 타임머신을 타고 와 30년 전으로 돌아간 것처럼, 마장터는 현실 밖의 지층 연대 속에 있었다. 한동안 나는 등잔불 밑에서 연필에 침 묻혀가며 숙제를 하던 유년 시절로 돌아갔다. 만일 '어두워지기 전에 내려가라'는 정씨의 말이 없었다면, 나는 영영 현실로 복귀하지 못했을지도 모른다. 샛집을 걸어 나오면 갈림길에서 길은 다시 세 갈래로 흩어진다. 북쪽으로 나가면 고성군 흘리가 나오고, 동쪽으로 가면 도원리, 서쪽으로 가면 용대리다. 과거와 현재가 교차하는 삼거리에서 나는 천천히 내가 떠나온 현실로 발길을 돌렸다. 어디선가 왁자한 장사치들의 흥정 소리와 비루먹은 나귀의 워낭 소리가 들려오기 시작한다. 대체 지금 나는 어디로 돌아가는 것인가.

:
붉고 노란 단풍잎이 온통 땅을 뒤덮은 작은 샛령길.

여행일기

　　윗집에 사는 백승혁 씨는 사진 찍는 걸 싫어했다. 그래서 그에게 는 카메라를 들이대지 않았다. 그가 점심으로 라면을 먹는데, 마루에는 도마뱀이 기어 다녔다. 정확히는 장지뱀이었다. 부엌문에서도 녀석이 빼 꼼 고개를 내밀었다. 내가 으악! 하고 놀라자 백씨는 대수롭지 않다는 듯 라면을 마저 해치웠다. 놀란 가슴을 진정하고 양지녘에서 해바라기를 하 는 장지뱀에게 살금살금 다가가 찰칵, 그 소리에 녀석이 꽁지가 빠져라 줄행랑을 놓는다. 녀석이 셔터 소리에 놀란 것인지, 험악한 나를 보고 놀 란 것인지는 알 수가 없다. 🌷

홍천 살둔에서 문암골까지

거룩한 모성

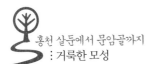

홍천 살둔에서 문암골까지
: 거룩한 모성

내린천 하면 나는 감자가 떠오른다. 좀 엉뚱한 연상이긴 하지만, 어느 가을엔가 내린천 변에서 만난 농부는 감자 밭에서 홀로 감자를 캐고 있었다. 날이 뭉툭한 호미가 고랑을 뒤집을 때마다 은은한 흙냄새를 풍기며 씨알 굵은 감자가 네댓 개씩은 달려 나왔다. 그때 지나가던 차 한 대가 멈춰 서더니 한 엄마가 아이의 손을 잡고 내렸다. 아마도 아이에게 엄마는 감자가 땅에서 나온다는 것을 보여 주고 싶었던 모양이다. "이게 감자 밭이야. 이 줄기 끝에 감자가 달려 있어." 하지만 아이는 자신이 먹었던 감자튀김이나 포테이토칩이 저 지저분한 땅속에서 왔다는 것을 인정하고 싶지 않은 듯 시큰둥했다. 맘씨 좋은 농부는 금방 캐낸 주먹만 한 감자 하나를 아이에게 건넸다. 그러나 아이는 오히려 흙이라도 묻을까 봐 손을 뒤로 감추며 엄마만 쳐다보았다. "이제 그만 가자." 엄마는 감자 대신 아이의 손을 잡고 서둘러 감자 밭을 떠났다.

민망하게 된 농부는 그 감자를 내게 건네며 공연히 시간을 물어 왔다.

24

"지금 몇 시요?" "4시 반입니다." 그는 아무 말 없이 다시 감자 줄기를 끌어당겼다. 필경 그는 시간이 궁금한 게 아니었다. 시계는 내게 있었지만, 아무래도 시간은 그 농부에게 있는 것 같았다. 아이와 함께 떠난 엄마에게도, 나에게도 시간은 없었다. 우리는 감자도 캐지 않고, 해 떨어지기 전에 그 감자를 다 날라야 하는 것도 아닌데, 왜 그렇게 급하게 감자 밭을 빠져나왔을까. 사실 내가 가고자 했던 곳에는 한 시간이 늦든, 하루가 늦든 상관이 없었고, 딱히 거기에 꼭 가야 할 이유도 없었다. 나는 농부에게 받은 감자를 짐칸에 던져두고 서둘러 내린천 물길을 거슬러 올라갔다. 그리고 감자 밭을 벗어난 이후의 기억은 지금도 묘연하다. 다만 한 가지 기억나는 사실은 어느 날엔가 여행을 가려고 차에 짐을 싣다가 담배꽁초만큼 싹이 자란 감자를 발견한 것이다. 흙도 없고 농부도 없는 이 척박한 곳에서 녀석은 기를 쓰고 싹을 밀어 올린 거였다.

느린 걸음으로 길의 탄력을 느끼며

내린천에 가 본 사람은 다들 알겠지만, 천변을 따라가는 31번 국도는 잠시라도 한눈을 팔면 큰일 나는 길이다. 물론 이 길은 한눈팔지 않고만 간다면 더없이 환상적인 길이 된다. 내린천을 거슬러 살둔에 가는 것은 이번이 다섯 번째다. 10년 전에 없던 도로가 지금은 31번 국도와 56번 국도를 연결해 놓았다. 그 바람에 살둔에 가기는 훨씬 쉬워졌지만, 베일에 가려져 있던 내린천 최상류 계곡은 허리가 잘리고 등뼈가 부러졌다. 계곡이 망가지면서 내린천 상류에 숨겨져 있던 자연에 대한 비의도 사라져 버렸다. 왜 사람들은 아름다운 곳들을 그냥 두지 않고, 기어이 거기에 길을 내고야 마는 것인지. 하긴 그 길을 정복자처럼 달려온 내가 이런 말을 하는 것도 웃긴 일이다.

그렇게 당하고도 내린천은 아직도 이 땅의 가장 천연한 물길로 남아 있다. 단순하게도 내린천은 홍천군 내면과 인제군 기린면을 거쳐 흐른다고 각각 '내'와 '린'을 빌려 와 생긴 이름이다. 내가 만난 어떤 사람은 내린천 이름이 맘에 든다고 딸 이름도 아예 '내린'으로 지었다. 내린아, 하고 딸을 부를 때마다 그의 귓가엔 내린천의 청량한 물소리가 쏴아, 하고 쏟아지리라. 내린천이 또 다른 지천과 어우러지는 살둔에는 푸른 녹음과 물소리에 폭 파묻힌 살둔산장이 있다. 좀 다닌다 하는 풍류객들이라면 한 번씩은 일삼아 다녀가는 곳이다. 살둔산장은 일부러 거칠고 투박하게 지은 집이다. 기둥이며 서까래도 다듬지 않고 그대로 썼다. 이 집을 지은 목수는 너무 곱게 다듬어 놓으면 주변의 풍경과 어울리지 않는, 너무 세련되고 튀는 집이 될 것을 염려했다고 한다.

나는 살둔산장 2층 다락방에 묵었던 어느 봄날을 기억한다. 아름드리 나무 위에서 바람과 하늘을 다 뒤집어쓰고 일박한 것처럼 개운했던……. 조금 추웠던 기억은 이제 와선 춥지 않은 기억이 되었다. 어느 해 겨울엔가 산장지기가 손수 끓여 내온, 산에서 나온 버섯이란 버섯은 다 집어넣고 끓인 버섯 라면도 잊을 수가 없다. 문암골은 바로 살둔산장이 있는 살둔에서 길이 갈라진다. 문암산과 맹현봉 사이로 우마차 한 대가 넉넉히

녹음이 우거진 문암골 들어가는 길.

26

다닐 정도의 덜컹이는 비포장 길이 숲으로 나 있다. 살둔에서 20여 리 길. 10년 전이나 지금이나 변함없이 적막하고, 변함없이 덜컹거리는 길. 저 산과 들, 숲 속의 나무와 풀들은 언제나 변함없이 젊고 싱싱한데, 언젠가 그곳을 지나간 나그네만 이렇게 나이를 먹었다. 나는 10년 전보다 한참 느려진 걸음으로 타박타박 그 길을 걸었다. 20여 리 먼 길이지만, 이 길은 걸으면서 찬찬히 길의 탄력을 느껴야 제격인 길이다. 더더욱 봄 햇살 속을 걷다 보면 온갖 꽃들을 길가에서 만나는 행운을 덤으로 얻을 수 있다.

미나리아재비, 쥐오줌풀, 까치수염은 이곳에서 흔하게 만나는 꽃이요, 물레나물, 금낭화, 함박꽃나무, 병꽃나무도 툭하면 마주치는 꽃이다. 이 가운데 가장 눈길을 끄는 꽃이 함박꽃이다. 마치 그 꽃이 목련처럼 생겨서 산목련으로 불리기도 하는 함박꽃나무는 초록 틈새에서 유난히 하얗고 관능적인 꽃 거품을 피워 낸다. 어떤 꽃은 지고, 어떤 꽃은 이제 막 봉오리를 연다. 김훈은 『자전거 여행』에서 "봄의 꽃들은 바람이 데려가거나 흙이 데려간다"고 했다. 이 말을 새기다 보면 모든 봄꽃이 갸륵하고 거룩해 보인다. 어떻게들 알고 저렇게 때맞춰 꽃을 피우는 것인지. 꽃은 저마다 필 때와 필 자리를 알고 있다. 약한 존재일수록 서둘러 꽃을 피우고 열매를 퍼뜨린다. 강한 존재들이 무성해지기 전에 서둘러 임무를 완수해야 하기 때문이다. 습한 곳을 좋아하는 꽃은 산으로 올라가지 않고, 볕과 바람을 좋아하는 꽃은 계곡으로 내려가지 않는다. 꽃은 두 발로 걷는 짐승처럼 분수를 모르고 자리를 탐하지도 않는다.

물소리 새소리 말고는 어떤 소리도 들리지 않는 적막 강산. 15리쯤 계곡을 따라 걷다 보면 아담한 시멘트 다리를 두고 길은 세 갈래로 흩어진

:
.

문암골의 가장 높은 터에 자리한 투방집.

⋮

1 투방집의 오래된 흙 부뚜막과 가마솥.
2 주시용 노인이 투방집 헛간채에 군불을 때고 있다.
3 이동국 씨가 두 마리 소가 끄는 겨리질을 하고 있다.

30

다. 여기서 다리를 건너가면 문암골이다. 행정구역상 홍천군 내면 율전리 문암동. 마을에는 채 열 가구도 살지 않지만, 마을 중간에는 교회까지 있다. 그것도 100여 년의 역사가 깃든 교회다. 문암교회는 오랜 풍우에 낡은 만큼 주변의 풍경과 행복하게 어울려 있다. 요즘의 교회 건물처럼 뾰족한 첨탑이 하늘을 찌르지도 않고, 그 건물이 커서 위압감을 주지도 않는다. 아담하고 소박하게 자연으로 들어가 있다. 뒤로는 산이고, 앞에는 밭이다. 문은 언제든지 열려 있어 누구라도 와서 낮잠을 자고 가도 괜찮다. 밭갈이가 늦은 교회 앞 너른 밭에는 잡풀과 꽃다지가 우거졌다. 그 푸른 잡풀 너머로 하얀색과 주황색이 어울린 교회 건물이 햇빛에 반짝거린다. 이곳의 종교성은 교회 건물에 있는 것이 아니라 오히려 교회를 둘러싼 산과 들에 있는 듯하다. 산과 밭, 나무와 꽃이 교리이고 성자인 것이다.

산중의 겨리질

문암이란 이름은 문암산 문바위에서 왔다. 우리말로 하면 문바위골이다. 문바위골은 사방이 산으로 둘러싸인 그야말로 고립무원의 골짝이다. 마을에는 옛날 두메 마을에 흔했던 귀틀집도 여러 채 있다. 문암교회 옆으로 실낱처럼 이어진 산길을 타고 오르다 보면 두 채의 귀틀집을 차례로 만날 수 있는데, 두 번째 귀틀집은 거의 산 중턱에 자리해 있다. 주시용 노인(81) 내외가 이곳에 산다. 내외는 한국전쟁이 끝나고 이곳으로 들어와 이 집을 지었다. "도꾸 하나 가지고 낭구 이래 뻐드러지구 꾸부러진

거 치다가 쌓으니, 저래 벽에 나무가 꾸부러졌잖수." 이제 그 집을 지었
던 젊은 남자도 저렇게 귀틀집 기둥처럼 허리가 구부러졌다.

사랑채 흙집에 군불을 때던 노인은 허연 수염을 날리며 부지깽이를 지
팡이 삼아 자리에서 일어난다. 공연히 옛날 얘기를 꺼냈다 싶었는지 노
인의 눈 속에는 50년 넘는 험하고도 길었던 세월이 산 위의 구름처럼 지
나가고 있었다. 그가 처음 이곳에 들어와 투방집을 지을 때 그는 20대 후
반의 젊은 몸이었다. 그리고 50년 넘게 옥수수에 감자, 약초 농사를 짓고
사는 동안 그는 80세의 호호백발이 되었다. 그와 함께 늙어 온 투방집이
지만, 집은 도통 나이를 알 수 없게 말끔히 황토 맥질을 해 놓았다. 부엌
의 가마솥도 바지런한 할머니의 손을 타 반지르르 윤기가 흐른다.

문암골을 나와 돌아가는 길에 나는 비탈 밭에서 쟁기를 부리는 농부와
만났다. 흙과 원초적으로 만나는 모든 노동은 거룩해 보인다. 문암골에
산다는 이동국 씨(43)는 두 마리의 소를 끌고 겨리질을 하고 있었다. 한
마리의 소를 쟁기에 묶어 밭을 가는 것을 호리, 두 마리의 소를 묶어 밭을
가는 것을 겨리라 한다. 밭에 돌이 많아 거칠고 척박한 강원도 산골에서
는 예부터 호리보다 겨리가 흔했다. 그러나 언제부턴가 경지 정리에 트
랙터가 보급되면서 겨리 쟁기는 강원도에서도 산중 깊이 들어가야만 볼
수 있는 보기 드문 쟁기질이 되었다. 겨리는 소 모는 힘이 만만치 않아 사
실상 노인들이 쟁기 손잡이를 잡기가 쉽지 않다. 그나마 이씨처럼 젊은
농부라야 겨리 손잡이를 놓치지 않는다.

이씨가 모는 두 마리의 소는 모두 암놈인 듯했다. 두 마리의 송아지가
따로따로 어미 소 옆에 붙어 서서 제 어미 뒤를 줄레줄레 따라다닌다. 두

마리의 암소는 순해 빠져서 이러이러 하면 곧장 앞으로 가고, 워워 하면 금세 멈추었다. 반짝이는 쟁기날이 땅을 뒤집을 때마다 묻혀 있던 흙냄새가 골짜기에 가득 퍼지고, 뒤엎인 잡풀 더미에서는 비릿한 풀 냄새가 풍겼다. 겨리질은 해질 무렵까지 계속됐다. 어미 소는 생침을 흘려 가며 밭을 갈다가도 주인이 담배 한 대 피우느라 쟁기를 놓으면, 얼른 제 새끼를 챙겨 젖을 먹였다. 그럴 때마다 송아지는 가쁜 숨을 몰아쉬는 어미 품에서 달게 젖을 빠느라 정신이 없다. 그렇잖아도 고된 어미 소는 밭 갈랴 젖 먹이랴 입에서 단내가 날 지경이다. 어미가 송아지를 물리칠 때까지 농부는 한참을 그냥 두고 보고, '거룩한 모성'은 그런 농부를 흘끔거리며 눈치를 본다. 염치도 없이 나는 그 옆에서 카메라를 들이대고, 셔터를 누르다가 결국 캄캄한 산중에 홀로 남겨졌다. 맹현봉에 뜬 하현이 20리 먼 길을 드문드문 비추고 있었다.

1 꽃이 목련처럼 생겨서
산목련으로도 불리는 함박꽃나무.
2 초여름이 되면 문암골은 산딸기 밭이 된다.

33

여행일기

    인제 읍내에는 절친한 친구가 산다. 그 친구는 사거리에서 고깃집을 하는데, 내가 갈 때마다 불고기와 술을 내오곤 한다. 대학 시절 같이 학교를 다녔고, 가끔씩 둘이서 근교로 자전거 여행을 다니기도 했던 친구다. 나는 늘 인제에 갈 때면 나그네처럼 그곳을 들렀다 가곤 했는데, 왔다가 곧바로 가 버리는 내게 어느 날 그 친구는 이런 말을 했다. 그렇게 서둘러 왔다 가는 여행을 통해 얻을 게 무엇이냐는 거였다. 할 말이 없어진 나는 그냥 술이나 마셔, 했지만, 어쩐지 뒤통수를 얻어맞은 기분을 떨칠 수가 없었다.

서대 염불암 가는 길

세상에서 가장 아름다운
너와집 한 채

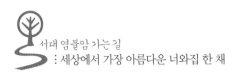

매월당梅月堂 김시습金時習(1435~1493)은 천재
시인이었다. 이미 세 살 때 시를 짓고, 다섯 살 때 세종에게까지 그 시재
를 인정받아 비단까지 선물 받았다. 그러나 그의 삶은 순탄치 못했다. 열
다섯에 어머니를 여의고, 몸을 맡겼던 외갓집 외숙모도 곧 죽고, 아버지
는 중병에 걸렸다. 20세 이전에 결혼했으나, 수양대군이 어린 단종을 내
몰고 왕위를 빼앗았다는 소식을 듣고는 아내도 버리고, 읽던 책도 불태
우고, 스스로 머리를 깎고 중이 되어 10년 가까운 세월을 구름처럼 떠돌
았다. 아마 그때쯤 그는 오대산에도 왔던 모양이다. 〈오대산〉이란 시가
그의 자취를 말해 준다.

세인들 크고 작은 일들 굽어보니
바쁘고 구속 많아 다시 가지 못하리.

36

오대산에서 그는 인간의 세상이 살 만한 곳이 못 된다고 읊조렸다. 당시 김시습은 알아주는 저항 시인이자 대중 시인이었다. 고관대작들에게는 거리낌 없이 독설을 퍼부었고, 불편부당한 세상을 조롱하며 기행奇行을 일삼았다. 한번은 오대산에서 이런 일도 있었다. 왕과 대신을 앞에 두고 설법을 한바탕하고 난 뒤, 왕비가 선물한 가사 장삼을 벗어던지고는 알몸이 되어 뒤뜰의 개구멍으로 빠져나가 버린 것이다. 임금 앞에서 설법을 하며 잠시 우쭐해진 자신이 뒤늦게 부끄러웠던 것이다.

김시습의 기행奇行과 기행紀行

누가 뭐래도 그는 당대의 문장가요, 학자였다. 그의 『매월당집梅月堂集』은 한시 작품만 무려 15권 분량에 이르며, 다른 저술과 합치면 모두 23권이나 된다. 그가 최초의 한문 소설인 『금오신화金鰲新話』를 썼다는 것은 누구나 아는 바이다. 하지만 그가 기행시를 즐겨 썼다는 사실은 모르는 이가 많다. 10여 년 방랑 시인으로 방방곡곡을 떠돌며 그는, 미술에서 우리의 풍경을 우리의 미학으로 담아낸 18세기의 '진경산수' 화법을 300여 년이나 앞서 이미 문장으로 구현해 내고 있었다. 또한 그는 작품으로 시대와 맞선 리얼리스트였다. 그는 많은 시에서 백성의 곤궁한 삶과 사회의 구조적 모순을 마치 현대의 민중시처럼 비판하고 나섰다. 하지만 그는 그런 현실만 탓하는 나약한 자신에 대해서도 가혹한 자책과 비판을 가했다.

젊어서 명예와 이익을 밝혔으니

나이 들어 자빠지고 넘어지는구나

내 죄인의 한 사람으로 살았으니

죽어서는 궁색한 귀신이 될 것이다.

『매월당집』에 실린 그의 자전적 시 〈나의 삶(我生)〉에서도 그런 속내와 반성이 잘 드러난다. 그의 기행 시집 『매월당시사유록梅月堂詩四遊錄』에 따르면, 그는 20대 초반(21∼24)에는 관서 지방을, 20대 중반(25∼26)에는 금강산과 오대산 등의 관동 지방을, 20대 후반(27∼30)에는 호남 지방을 다녔고, 30대(30∼37)에는 금오산으로 들어가 은자(이때 『금오신화』를 지음)로 살았다고 한다. 20대의 혈기 왕성한 시절을 그는 방랑 생활로 다 보낸 셈이다. 한세상 떠돌던 그는 59세로 부여 무량사에서 생을 마감했다. 『선가서仙家書』에는 한때 김시습이 오세암에서 선도를 닦았다고 하며, 전설에는 그가 죽어 신선이 되었다고 한다. 심지어 그가 죽은 지 7년이 지난 어느 날 그의 제자 중 한 명이 놀랍게도 개성에서 선생을 만났다는 믿지 못할 이야기도 전해 온다. 어쨌든 그는 한때 오대산에 머물렀고, 서대西臺 염불암에도 들렀다. 거기서 그는 조선 최고의 물로 꼽히던 우통수于筒水 물맛도 보았다. 그가 남긴 〈우통수〉라는 시에 지금의 염불암(과거의 수정암)이 등장한다.

서산 높은 봉우리 외롭게 끊겼는데

우통 샘물은 기운이 맑고 차네

⋮

염불암 너와 지붕 너머로 보이는 눈이 시리게 푸른 하늘.

고승은 담아 온 물로 손수 차를 달이고
서방의 극락세계 부처님께 예배하네.

여기에 나오는 서방의 극락세계는 염불암
에 대한 환유이다. 염불암은 서방정토 극락세
계에서 중생을 구제하는 아미타불과 아미타
불의 오른팔(왼팔은 관세음보살) 격인 대세지
보살을 모신 곳으로, 오대(동대 관음암 · 서대
염불암 · 남대 지장암 · 북대 미륵암 · 중대 사자
암) 가운데 극락세계를 상징하는 암자다. 애
당초 오대산이란 이름도 바로 이 오대 암자에
서 온 것이다. 시에 나오는 고승은 당연히 서
대 염불암에 머물던 스님이었을 것이다. 염불
암과 우통수(한강의 발원지)와의 거리는 고작
해야 100여 미터도 안 된다.

노루귀, 얼레지 꽃길

염불암은 상원사 남서쪽 2킬로미터 능선에
자리해 있다. 상원사에서 출발하면 한 시간이
채 안 걸리는 거리지만, 가는 길은 내내 가파
른 오르막이고 이정표조차 없어 사람의 출입

1 4월이면 염불암 올라가는 길은
온통 노루귀 꽃밭이 된다.
2 지난가을의 나뭇잎을 뚫고 솟아오른
얼레지 새순과 꽃망울.

이 많지 않은 곳이다. 나는 가을과 봄에 각각 염불암을 찾았고, 겨울에도 상원사까지 왔다가 산행 통제로 되돌아간 적이 있다. 내가 경험한 바로는 염불암은 봄 산행이 가장 감동적이다. 상원사에서부터 염불암까지는 말 그대로 극락을 오르는 꽃길이다. 상원사 쪽에는 온통 남보라 현호색 물결이고, '바람난 처녀 꽃'으로 불리는 자줏빛 얼레지 꽃 무리다. 하얀색 홀아비바람꽃도 산바람에 호들갑스럽다. 그러나 아직 놀라기는 이르다. 계곡을 벗어나 염불암 쪽 능선을 타고 오르면 꽃 탄성이 절로 나온다.

  염불암 가는 길은 마치 누가 일부러 씨를 뿌려 가꿔 놓은 것처럼 온통 노루귀 꽃밭이다. 흰 노루귀, 분홍 노루귀, 보라 노루귀, 새끼 노루귀도 있다. 노루귀라는 이름은 본래 땅에서 잎이 솟아 나올 때 노루의 귀처럼 살짝 말려 나온다고 붙은 이름이다. 잎은 꽃이 활짝 핀 뒤에야 솟아 나오는데, 처음 나오는 잎은 꽃만큼이나 앙증맞다. 가파른 산사면을 올라서면 우통수가 금방이고, 우통수에서 비탈진 산기슭으로 한 발만 내려서면 믿기지 않는 꿩의바람꽃 군락지가 펼쳐진다. 꿩의바람꽃은 홀아비바람꽃에 비해 꽃대가 훨씬 길고, 꽃도 훨씬 커서 단번에 시선을 잡아끈다. 꿩의바람꽃은 해발 800미터 이상에서 볼 수 있는데, '바람꽃'이란 것이 대부분 높은 산정이면서 바람이 잘 통하는 숲에 분포한다. 때문에 바람꽃은 유난히 바람에 시달리는 것처럼 보인다. 그러나 그것은 시달리는 것이 아니라 오히려 그런 조건을 즐기는 것이다.

  상원사에서 시작된 꽃길은 염불암에 이르러 끝이 난다. 염불암은 겉모습으로만 보면 절집이 아닌 그저 운치 있는 너와집일 뿐이다. 울릉도나 삼척에서도 볼 수 있는 바로 그 너와집. 하지만 여느 너와집과는 배경도, 품격

오대산 상원사 서쪽 능선 꼭대기쯤에 자리한 서대 염불암.

도 다르다. 세상에서 가장 외롭고, 가장 아름다운 집. 가장 소슬한 극락의 집. 북대 미륵암 또한 너와집이지만, 벽체와 처마가 단청으로 단장한 탓에 쉽게 절집임을 눈치 챌 수가 있다. 그러나 서대 염불암은 드나드는 앞면을 빼면 삼면에 온통 장작을 쌓아 놓아 아예 귀틀로 된 벽체가 보이지 않는다. 부엌 또한 여느 산간 촌부네 부엌처럼 가마솥만 달랑 걸려 있을 뿐이다. 너와집 뒤란에는 오래된 통나무 굴뚝이 마치 싹둑, 윗동을 잘라 낸 나무처럼 서 있다.

염불암에서는 오대산 동남쪽 자락이 한눈에 다 내려다보인다. 능선이 가물가물 물 이랑처럼 펼쳐진다. 두 시간을 머물러도 개미 한 마리 지나가지 않는 외로움! 두 시간쯤이야 괜찮지만, 이틀만 살라 해도 나는 외로워서 못 산다. 아무래도 나는 통속적인 구경꾼이며 인간 세상에 물든 중생일 뿐이다. 짐짓 아닌 척하며 나는 문을 열고 스님을 불러 본다. 인기척이 없는 것을 보니, 스님은 이곳에 없다. 보아 하니 문고리에 목탁을 걸어 두고 출타했다. 나는 종이처럼 하얀 자작나무 껍질을 벗겨 편지를 썼다.

:

1 염불암 뒤란에 솟아 있는 통나무 굴뚝.
2 상원사 스님들이 대웅전 앞을 지나고 있다.

43

오대산 월정사에서 상원사 가는 길에 펼쳐진 눈 덮인 계곡.

지난가을 상원사 찻집에서 국화차 마셨던 나그네 다녀갑니다.

그때 만난 서대 스님은 날씨가 추워져 겨울을 나려고 당분간 상원사에 내려와 있다고 했다. 겨울이면 칼바람이 몰아치고, 언제나 영하 20도가 넘는 통에 거기서 겨울을 나려면 웬만큼 도통해서는 안 된다는 것이었다. 날이 추워지면 사람도 오지 않고, 겨울에는 거기서 얼어 죽어도 아무도 모른다는 것이다. 아직은 수행 중이라 혼자 있는 게 외롭다는 말도 했다. 서대 스님은 생각보다 훨씬 젊었고, 법문法問을 들추지 않아 말이 통했다. 다녀와서 나는 다음과 같은 짧은 문장도 적어 놓았다.

서대 염불암 작은 스님
꽃천지 속에서 지금쯤
노루귀 꽃길 걸어
상원사 꽃다방 가고 있겠다.

내려오는 길에 우통수 물맛을 안 볼 수가 없었다. 어떤 물맛이기에 매월당도 허균(그는 우통수를 천하제일의 물맛이라고 했다)도 이만한 물맛이 없다고 했는지 궁금했다. 겨우내 내려앉은 가랑잎들을 걷어 내고 한 바가지 샘물을 떠서 물맛을 본다. 여느 산에서 맛보는 시원한 약수 맛이다. 한 모금 더 마셔 본다. 역시 그냥 물맛이다. 매월당이나 허균이 보면 물맛도 모르는 놈이라고 나무랐을까. 혹여 이런 건 아니었을까. 옛날에는 우통수에 오자면 월정사를 거쳐 상원사까지 와서 다시 가파른 비탈을 타고

염불암에서 100여 미터 남짓 떨어진 곳에 위치한 우통수. 한강의 발원지 중 한 곳이다.

예까지 올라야 했으니, 탈수 뒤에 마시는 물이 차고 달고 맛있는 게 당연했을 것이다. 이것이 내가 찾아낸 물맛도 모르는 궁색한 변명이다. 어느덧 내 귓가에는 귀가를 부추기는 상원사 동종 소리 들려온다.

여행일기

　　오대산 월정사와 상원사는 폭설이 내린 겨울에 와야 제격이다. 나는 혼자서 폭설이 내린 오대산을 찾은 적이 있다. 눈 내린 오대산에서 만나는 진귀한 풍경 가운데 하나는, 곤줄박이가 사람 손에 내려앉아 먹이를 먹는 풍경이다. 폭설이 내려 먹이가 부족해지면 곤줄박이는 오대산 국립공원 관리소 인근으로 찾아온다. 이때쯤 관리사무소 직원들이 새들에게 먹이를 나눠 준다는 사실을 녀석들은 알고 있는 것이다. 하여 등산객들조차 손에 먹이를 올려놓고 곤줄박이를 기다리는 모습도 눈 내린 오대산에서는 어렵잖게 만나는 풍경이다.

　　녀석들은 낯익은 관리사무소 직원들이 아니면 쉽게 손바닥에 내려앉지 않지만, 잦은 폭설이 지나고 나면 어쩔 수 없이 등산객의 손바닥에서 먹이를 가로채 재빨리 숲으로 사라지곤 한다. 곤줄박이는 월정사와 상원사 인근에도 흔하게 그 모습을 나타낸다. 녀석들은 절집 인근의 마르지 않는 물로 목을 축이거나 눈이 쌓이지 않은 계곡의 경사면을 파헤쳐 땅속 벌레를 잡아먹기도 한다. 본래 곤줄박이의 겨울 양식은 나무 열매이지만, 폭설로 숲이 눈에 잠기면 민가로 내려와 먹이를 구하기도 한다. 먹이를 따로 저장해 두는 버릇이 있는데, 겨울이면 녀석들의 먹이 저장고는 수시로 폭설에 묻혀 무용지물이 된다.

양양 남대천에서

숭고한
연어의 길

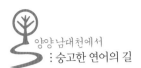
양양남대천에서
: 숭고한 연어의 길

남대천은 연어의 길이다. 남대천은 현북면 법수치에서 시작되는 법수천과 윗면옥치에서 내려오는 면옥치천이 만나는 어성전천, 서면 갈천리에서 흘러온 후천, 남설악에서 내려온 오색천이 합쳐진 하천이다. 도처에서 흘러온 물줄기는 양양 읍내에 이르면 제법 폭넓은 강폭을 이루어 바다로 빠져 든다. 가을이면 이 남대천에는 수만 리 바닷길을 헤치며 필생의 여정을 거쳐 모천에 도착한 연어 떼의 행렬이 이어지곤 한다. 나는 녀석들의 목숨을 건 여정을 만나기 위해 두 번이나 남대천을 찾았다. 두 번 다 11월 초였고, 두 번 다 나는 연어의 숭고한 최후를 목격하였다.

연어의 회귀가 시작되면 바빠지는 건 양양 내수면 연구소다. 남대천 하류에 자리한 내수면 연구소는 연어 연구소나 다름없는데, 연어를 잡아 채란과 수정을 하는 작업도 이곳에서 맡아 한다. 연어의 생존율과 회귀율을 높이기 위해 인위적으로 수정과 부화, 치어 방류를 하는 것은 엄밀

50

북태평양 베링해에서 2만여 킬로미터를 헤엄쳐 모천인 남대천에 도착한 연어 떼.

히 말해 자연계의 섭리를 거스르는 행위다. 온갖 역경을 이겨 내고 모천을 찾아온 연어에게는 자신이 태어난 장소에 알을 낳고 수정시키고 숨을 거두는 일이 마지막 임무인 셈인데, 사람이 그들의 마지막 임무마저 앗아가 버리는 꼴이다. 내수면 연구소는 이것이 생존 위기에 처한 연어를 보살피고, 미래의 수산자원을 위한 불가피한 선택이라고 말한다.

사실상 남대천은 이제 연어가 상류까지 거슬러 오르기에는 너무나 힘든 하천이 되고 말았다. 곳곳에 수중보가 설치되어 있고, 댐과 발전소가 최상류에 건설되고 있으며, 하천 가까운 마을에서 흘려보내는 생활하수의 양도 크게 늘어났다. 뿐만 아니라 하천의 수량도 줄어들었고, 무분별한 골재 채취로 강바닥의 환경 자체가 바뀌어 가고 있다. 이래저래 연어가 살기에는 점점 더 열악한 곳으로 변해 가고 있는 것이다. 남대천 하류에서 포획될 운명에도 불구하고, 모천을 찾은 연어들은 온갖 위험과 역경을 이겨 내고 살아남은 눈물겨운 생존자들이다. 남대천에 도달하기까지 녀석들은 실로 목숨을 건 여정을 거듭해 왔다. 사람이 던져 놓은 그물과 폭풍우와 천적의 습격까지 무사히 헤쳐 나온 연어만이 모천의 품에 안길 수가 있다.

승고하고 장엄한 연어의 최후

본래 자연계의 섭리란 가혹한 것이어서 모든 연어들에게 공평하게 번식의 기회를 주지는 않는다. 100마리의 치어 가운데 겨우 한두 마리만이 살아남아 남대천으로 돌아오는 것이다. 회귀율로 따지면 1.5퍼센트 정도이다. 해마다 남대천에서 방류하는 치어를 1000만 마리 안팎으로 볼 때, 10만여 마리만이 모천인 남대천으로 되돌아온다. 연어의 회귀가 절정에 달하는 11월 초면 양양에서는 어김없이 연어축제를 열지만, 이는 연어를 제물로 삼은 인간의 축제일 뿐, 연어에게는 이때가 생존과 번식이라는 절박한 임무를 완성해야 하는 최후의 순간이다. 그 절체절명의 순간에 연어는 인간에게 사로잡혀 강제로 채란과 수정을 당하고 만다. 그것도 모르고 연어들은 한 치의 오차도 없이 어미 강으로 되돌아온다.

연어의 정확한 회귀 본능에 대한 유력한 두 가지 학설은 이렇다. 연어가 태어날 때 선천적으로 자신이 태어난 하천을 감지할 수 있는 유전적인 능력을 가지고 있다는 설과, 후천적으로 모천을 찾아올 수 있는 후각이 발달하여 방류 뒤 30~50일 동안 하천에 머물면서 모천의 냄새를 익혔다가 성어가 된 뒤에도 후각으로 익힌 모천의 냄새를 기억하여 회귀한다는 설이 그것이다. 그 밖에 태양의 위치나 밝기로 방위를 인식한다는 설과, 염분 농도의 차이를 인지해 찾아온다는 설, 지구의 자기장을 인식해 방위를 찾는다는 설도 있다. 분명한

1 모험과 위험에 가득 찬 연어의 오랜 여정은
남대천에 이르러 사람의 손에 잡힘으로써
대단원의 막을 내린다.
2 남대천 하천가 철망에 빨래처럼
연어를 말리고 있다.
3 앵둣빛으로 빛나는 연어의 알.

것은 연어가 인간보다 훨씬 우월한 후각과 네비게이션을 가지고 있다는 것이다.

본래 연어 암컷은 인간에게 사로잡히지 않는다면, 모천 상류에 이르러 온몸으로 산란 구덩이를 파고 약 3000여 개의 앵둣빛 알을 낳는다. 그 위에 수컷이 정액을 뿌려 수정을 시키면 암컷은 곧바로 산란처를 자갈과 모래로 덮어 은닉시킨다. 이때부터 수컷의 임무는 산란처 주위를 돌며 다른 고기가 침범하지 못하도록 경계 근무를 서는 일이다. 산란기에 수컷의 주둥이가 뾰족하게 구부러져 공격형으로 변하는 것도 다 이 때문이다. 그러나 산란의 임무를 무사히 끝낸 암수는 3일 안에 기진맥진하여 상처투성이가 된 채 숭고하고 장엄한 최후를 맞이한다. 순전히 알을 낳고 방정하기 위해 그들은 1만 8000~2만 킬로미터를 헤엄쳐 오는 것이다.

구덩이에 묻힌 연어 알은 약 두 달 뒤 부화하며, 깨어난 새끼 연어는 한 달 이상 강에서 지내다가 흐르는 물결을 따라 바다로 내려간다. 남대천을 떠난 연어가 주로 서식하는 곳은 캄차카 반도와 북미 대륙 사이의 북태평양 베링해 지역이다. 이 녀석들이 다시 모천으로 돌아오기 위해서는 3~4년의 시간이 필요하며, 50센티미터 이상 몸집을 불려야 한다. 다 큰 녀석이 헤엄치는 속도는 평균 시속 45킬로미터 정도. 4단 기어를 놓은 자동차 속도로 녀석들은 베링해에서 남대천까지 휴게소 한 번 안 들리고 고행의 여정을 감행하는 것이다. 이것이 본능이든 운명이든, 숭고하고 장엄한 여정임에는 두말할 필요도 없다.

내 머릿속의 연어 떼

태평양에서 발견되는 연어는 첨연어, 시마연어(송어), 곱사연어, 왕연어, 홍연어, 은연어, 아마고연어 등 모두 7종인데, 남대천으로 돌아오는 것은 첨연어(Chum salmon)가 대부분이고, 드물게 시마연어(Cherry salmon)와 곱사연어도 섞여 있다. 사실 인공수정을 통한 치어 방류는 미국이나 캐나다, 일본과 러시아 등 대부분의 나라에서도 해 오고 있는 방식이다. 그러나 연어의 채포와 인공수정 과정은 솔직히 말해 끔찍하기 짝이 없다. 먼저 남대천 하류에 이중 그물로 포획 망을 설치해 강을 거슬러 오르는 연어를 포획한다. 이렇게 그물에 갇힌 연어는 채포장으로 몰아 암수를 구별하고 막대기로 머리를 내리쳐 기절시킨 뒤, 크레인을 통해 인공수정실로 옮겨진다. 보통 암수 구분은 가슴과 배의 감촉으로 알 수 있는데, 배가 부드럽고 가슴지느러미 윗부분이 부풀어 오른 것이 암놈이다. 또한 암컷은 주둥이가 밋밋한 데 비해, 수컷은 갈고리처럼 구부러져 있다. 암컷은 30분 이내에 채란용 칼로 단번에 절개하여 직사광선을 피해 채란한다. 이렇게 얻어 낸 연어 알은 수컷의 배를 눌러 정액을 알 위로 짜내 수정시킨다.

수정된 연어 알은 부화기로 옮겨져 50일 뒤면 부화하고, 실내 양어장에서 한 달 정도 자란 다음 야외 양어장으로 옮겨진다. 이 녀석들은 2월 말에서 3월 중순이 되면 하천에 방류하는데, 치어들은 약 한 달 정도 하류에 머물다 바다로 나아간다. 누가 가르친 적도 없는데, 녀석들은 어미 연어가 그랬듯 베링해까지 헤엄쳐 갔다가 남대천으로 되돌아오는 일을 숙명처럼 치러 낸다. 사실 내가 처음 연어를 만나러 이곳에 온 것은 8년 전

이다. 책상에 앉아 연어에 대한 시를 쓰다가 본 적도 없는 것을 끄적거리고 있는 내가 한심해 곧장 7번 국도를 거슬러 남대천으로 향했던 것이다. 가방에는 옷가지도 없이 리처드 브라우티건이 쓴 『미국의 송어 낚시』만 달랑 들어 있었다.

이 포스트모던한 소설이 국내에 처음 출판될 때 꽤 많은 서점들이 이 책을 낚시 코너에 꽂아 버렸다는 웃지 못할 일화도 있다. 어쩌면 이것이 야말로 브라우티건이 정말로 원하던 가장 포스트모던한 판매 방식이었는지도 모른다. 소설에서 브라우티건은 말한다. "지난 17년 동안 많은 강들이 흘렀고, 수만 마리의 송어들이 지나갔다"고. 이 문장을 읽고 난 뒤부터 내 머릿속에선 수만 마리의 연어 떼가 들끓었다. 하지만 나는 남대천에 이르러 30년 넘게 흘러간 강물을 읽어 낼 수가 없었다. 나는 남대천 하류에서 법수천 상류까지 몇 번을 오르내렸고, 겨우 강바닥에 드러누운 연어의 주검 같은 시 한 편을 건졌다.

누구나 때로는 원치 않았던 삶을 거슬러 오른다
원치 않았던 눈물과 풍랑과 길떠남과
거듭 미안했어요, 라는 후회
이제 나는 그것을 납득하고자 고개를 끄덕인다
본래 풍경과 세월은 한 몸이며, 추억과 근심도 한 뿌리다
떠남과 돌아옴의 윤회 속을 떠도는 일도

⋮

남대천의 본류에 해당하는 어성전천의 눈 내린 겨울 풍경.

필경은 그리움과 기다림의 몸바꿈에 다름아닐 터

오늘 밤 나를 따라온 미련들은

안개 속에 내내 휘청거리다 이제서야 잠이 든다

모천의 강바닥에 지친 지느러미를 내리고,

문득 나도 전생처럼 푸른 잠결 속을 가만 뒤척여본다.

— 졸시, 〈연어, 7번 국도〉 중에서

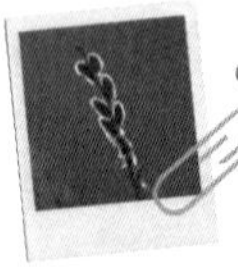

여행일기

미국이나 캐나다에서는 연어의 회귀를 돕기 위해 오래 전 강에 건설했던 댐을 부수고 자연 하천으로 되돌린 사례가 있다. 남대천이 제대로 된 연어의 모천이 되고, 오래오래 그것을 후손에게 물려주고 싶다면, 우리도 이제 어떤 결정을 내려야 한다. 🌱

양양 면옥치와 법수치

천연한 물길,
산길

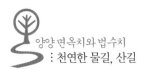

"눈이 너무 마이 와 거긴 못 들어가요." 어성전
에서 만난 구멍가게 아저씨는 잔돈을 거슬러 주며 고개를 내저었다. 차
안에서 금방 사 온 빵과 우유로 대충 늦은 점심을 때우고 어성전 삼거리
로 나서는데, 포클레인이 한 대 떡하니 길을 막고 서서 제설 작업을 하고
있다. 여기서 왼쪽으로 가면 법수치, 오른쪽으로 가면 면옥치다. 하필이
면 면옥치 가는 길을 포클레인이 보기 좋게 막아 버렸다. 길이 좁아서 차
가 빠져 나갈 구멍조차 없는데, 5분, 10분, 20분……. 굳이 산중에 와서
까지 경적을 울리고 싶지는 않았다. 다행히 30분을 넘기면서 포클레인이
면옥치 가는 길을 열어 주었다. 마치 그건 어디 한번 가 보시지, 하는 투
였다.

마을 인근까지 제설 작업을 해 놓긴 했지만, 40센티미터의 적설량은 산
자락과 길바닥 옆에 고스란히 남아 있었다. 그렇잖아도 지난여름 엄청난
수해를 입은 탓에 면옥치 가는 길은 동강동강 상처가 나 있는 데다, 그런

곳은 제설 작업도 대충 치우는 시늉만 해 놓았다. 문제는 내리막길이다. 면옥치로 가려면 제법 큰 고개(서낭댕이)를 넘어야 하는데, 제설 작업을 해 놓은 아스팔트 길은 되레 매끄럽게 닦아 놓은 스키장과 같아서 고개를 넘는 내 중고 지프는 거의 진땀을 흘릴 지경이었다. 조금이라도 삐끗하면 가드레일도 없는 낭떠러지 아래로 순식간에 추락할 판이었다.

아슬아슬하게 내가 고개를 넘어 면옥치에 도착했을 때는 등줄기와 이마에서 흘러내린 땀으로 옷이 다 축축해졌다. 휴우, 저절로 안도의 한숨이 나왔다. 해 떨어질 무렵에야 도착한 면옥치. 개울이 가로지르는 마을의 한복판은 개복을 해 놓은 수술 환자처럼 어수선했다. 이야기를 들어보니 장마철에 수해를 입어 마을은 그야말로 절반이 쑥대밭이 되고 말았단다. 그 상처받은 땅을 눈은 40센티미터의 두께로 덮고 있었다. 수년 전까지만 해도 오지 마을 신세를 면치 못했던 면옥치는 어느새 별장 같은 고급 가옥이 몇 채 들어서 옛 마을의 정취를 잃어 가고 있다. 사실 난 수년 전 아랫면옥치에 들렀을 때 보았던 소박한 풍경의 기억을 순례하듯 다시 더듬어 온 것이다.

선글라스를 낀 흙집 노인

다행히 그 옛날의 기억 속에 남겨 둔 운치 있는 흙집 한 채는 옛 모습 그대로 남아 있었다. 아니 저런 너저분한 흙집이 뭐 볼 게 있다고, 누군가는 고개를 갸웃거릴 수도 있다. 하지만 폭설 속에 드러난 오래된 흙집의 사근한 흙빛은 희디흰 눈밭에서 황금빛으로 빛이 났다. 흙집 옆에는 쓰

러질 듯 자세를 고쳐 앉은 뒷간도 아직 그대로다. 출신 성분이 농부의 아들이라 그런지, 흙집을 보면 나는 공연히 눈길이 가고, 기어이 들여다보고 싶다. 면옥치는 윗면옥치와 아랫면옥치로 나눠지는데, 대부분의 집들은 아랫면옥치 쪽에 있다. 남대천의 본류가 되는 면옥치천은 바로 윗면옥치에서 시작된다.

대충대충 치워 놓은 눈길은 아랫면옥치에서 윗면옥치로 오르는 길목에 이르러서는 사정이 달라졌다. 기어를 4륜에 놓고 기어가는데도 중고차의 바퀴는 연신 길 위에서 맥없이 미끄러졌다. "거는 가지 말아요. 눈이 이래 왔는데." 마을에서 만난 아주머니는 윗면옥치 서재등 고개를 가리키며 손을 내저었다. 기껏해야 2킬로미터도 안 되는 길이었으므로 나는 개의치 않았고, 급기야 사고를 내고야 말았다. 윗면옥치에 다 온 듯해 잠시 방심한 것이 어어, 하면서 미끄러져 길가의 소나무를 들이받은 것이다. 소나무를 들이받지 않았다면 그대로 계곡으로 미끄러졌을 것이다. 속도를 낼 수 없는 길이었으니 망정이지, 길이 좋았으면 되레 큰 봉변을 당할 뻔했다.

윗면옥치에서 처음 만난 집도 흙집이었는데, 길을 마당 삼아 자리한 이 흙집은 그야말로 눈 내린 산중 마을과 더없이 어울리는 풍경이었다. 무작정 나는 흙집 마당으로 들어서 주인장을 불러 본다. 부엌에서 선글라스를 낀 노인(서종원, 67)이 고개를 쑥 내밀었다. 해도 넘어간 마당에 선글라스를 끼고 있다니! 알고 보니 그는 앞을 보지 못하는 데다 흙집에 혼

눈이 내린 면옥치 계곡 풍경.

자 살고 있었다. 혼자 아궁이에 불을 때고, 혼자 밥을 하고, 혼자 잠을 잔 지 꽤 오래되었다고 한다. 혼자 사는 것이 너무 외로웠던지 그의 집에는 네 마리의 개와 이제 막 장난을 치기 시작한 배냇강아지가 여덟 마리나 됐다. 앞을 볼 수 없으면서도 무려 열두 마리의 식구를 그가 먹여 살리고 있었다. 지은 지 50년이 넘었다는 흙집. 봉당에는 방금 어디라도 다녀온 듯한 설피가 놓여 있었다. 끈은 다 해지고 낡았다.

"요새도 이 설피를 신나요?" "그럼요. 여서는 이 살피 없으면 댕기덜 못해요. 여긴 눈이 워낙에 마이 오는 데라서. 한번 눈이 오면 이래 무릎까지 보통으루 채이요. 그러니 이 살피가 절대적으루다 필요해요." 오늘 낮에도 설피를 신고 마실까지 다녀왔다고 한다. 정말로 설피가 필요해서 이렇게 절실하게 사용하고 있는 경우를 나는 여기서 처음 보았다. 그는 앞을 못 보면서도 당기며 감자, 옥수수 농사까지 짓는다고 한다. "근데 올핸 수해가 나서 다 떠니리가구 아무것도 안 남았어요. 아들이 가끔씩 들어와 농사도 거들고, 낭구도 해 주고 그러긴 해요. 올핸 면에서 쌀 몇 포대 주는 거루다 견디야지 뭐." 불현듯 나는 차 안에 비상 식량으로 싣고 온 초코파이가 생각나 그의 허락도 없이 그것을 가져다 슬쩍 방 안에 밀어 넣었다. 날은 벌써 캄캄해지고, 온 길을 되돌아가자니 눈앞이 캄캄했다.

법수치와 어성전의 통나무 다리

이튿날 어성전에서 하룻밤을 보내고 다시 윗면옥치를 찾았다. 어제 들렀던 흙집에 당도해 보니 가끔씩 들어와 농사를 도와준다던 아들이 와

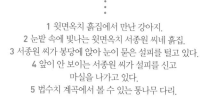

1 윗면옥치 흙집에서 만난 강아지.
2 눈밭 속에 빛나는 윗면옥치 서종원 씨네 흙집.
3 서종원 씨가 봉당에 앉아 눈이 묻은 설피를 털고 있다.
4 앞이 안 보이는 서종원 씨가 설피를 신고
마실을 나가고 있다.
5 법수치 계곡에서 볼 수 있는 통나무 다리.

65

있었다. 내 목소리가 기억이 났는지 선글라스를 쓴 노인은 괜한 짓을 했다고 나를 나무란다. 이렇게 되면 겨우 초코파이 한 상자 인심을 쓰고 공연히 생색을 낸 꼴이다. 어쨌든 내가 마을 구경을 하겠다고 나서자 앞을 못 보는 그도 설피를 챙겨 신고 함께 마실을 나선다. 보아 하니 봉당에 있던 지게 작대기로 그냥 지팡이를 삼았다. 여덟 마리의 강아지도 줄레줄레 노인을 따라나선다. 선글라스를 쓴 설피 노인과 여덟 마리의 강아지. 그 모습을 본 것만으로 나는 이미 마을 구경을 다 한 거나 매한가지다.

천천히 나는 면옥치를 빠져나와 어성전(물고기가 밭을 이룬다는 뜻) 삼거리에서 법수치(불가에서 말하는 '법수'가 흘러내린다는 뜻)로 방향을 틀었다. 계곡을 따라가는 도로는 중간 중간 무너지고 끊어져 지난날의 운치 있는 길과는 영판 달랐다. 수마가 핥고 간 흔적들이다. 그러나 법수치 계곡을 구불구불 흘러가는 물줄기는 오히려 옛날의 물길을 다시 찾은 듯 쾌활하게 눈밭을 가로지른다. 원시 그대로의 청정 계곡. 알 만한 사람들에게는 법수치야말로 이 땅의 가장 깨끗하고 비밀스런 골짜기로 알려져 있다. 가는 길도 그만큼 멀어서 법수치 마지막 마을까지는 어성전에서 구불구불 30리가 넘고, 그중 20여 리가 비포장 길이다. 남대천의 발원지이기도 한 이 물길에는 과거 연어와 은어, 황어가 넘쳐 났으나, 지금은 그저 아련한 기억일 따름이다.

내 기억이 정확하다면, 법수치에 온 것은 이번이 다섯 번째다. 처음에 나는 원시 계곡을 따라가는 30리 에움길에 빠져 이곳을 찾기 시작했다.

⋮

굴피집 추녀에서 눈 녹은 낙숫물이 떨어지고 있다.

10여 년 전엔 이곳의 적막한 물길, 산길이 마냥 좋았다. 그러나 언제부턴가 볼 만한 계곡을 가만 놔두지 않는 사람들이 계곡의 처음과 끄트머리에 펜션을 세우기 시작했고, 더 이상 나는 이곳을 찾지 않게 되었다. 비경은 비밀스러울 때 더욱 가치가 있는 것이다. 비경이 명승지가 되는 순간 망가지는 건 시간문제다. 다행히 겨울 법수치는 옛날처럼 외로웠고, 옛날처럼 나는 계곡에 묻혔다. 법수천 중간쯤에는 10년 전에도 있었던 외나무다리가 여전히 계곡을 가로지른다.

해마다 겨울이면 만날 수 있는 이 외나무다리는 물길의 중간에 버팀 돌을 쌓아 놓고 양쪽에 두 개의 통나무를 질러 놓은 단순한 모양을 하고 있다. 통나무가 끝나는 곳에는 다시 징검다리를 몇 개 놓아 외나무다리와 연결을 해 놓았다. 물론 비가 많이 올 때면 떠내려가기 십상이어서 해마다 서너 번씩 다리 놓는 일을 반복할 때가 많다. 어성전에서 원일전으로 내려가는 계곡에서도 이와 비슷한 다리를 만날 수 있다. 남대천을 가로지르는 이 다리는 개울에 자연적으로 솟은 바위와 바위 사이에 여러 개의 통나무를 지그재그로 놓아 하나의 다리로 연결한 모양인데, 내 눈에는 언젠가 동강에서 보았던 나무다리만큼이나 아름답게 보였다. 그 다리를 나는 어린애처럼 건너고 또 건너 보았다.

⋮
어성전천 중류쯤에서 만날 수 있는 나무다리.

여행일기

법수치 민박집에서 잠을 청하는데, 한밤중에 짐승 우는 소리가 길게 들려왔다. 주인집 아저씨는 아마 고라니일 거라고 했다. 옛날에 살던 어르신들은 고라니 소리를 듣듯 호랑이 소리도 들었으리라. 아마도 그땐 한밤중에 호랑이가 법수천 외나무다리를 건너 이 산에서 저 산으로 마실 다녔을 거다.

평창 발왕재 60리

첩첩산중 봉산리
넘으면 구절리

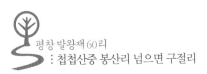

평창 발왕재 60리
: 첩첩산중 봉산리 넘으면 구절리

폭설 그친 산중에 새소리 그득하다. 귓속에 새
소리 그득 담고, 푹푹 빠지는 눈길을 달려 발왕재를 넘는다. 눈이 내리고
나면, 산중에 푹 파묻힌 봉산리 사람 말고는 아무도 이 고갯길을 넘지 않
는다. 약 60여 리에 이르는 발왕재 고갯길은 여전히 포장이 안 된 천연한
두메 길인 데다 겨울에는 길의 우묵한 곳마다 잔설이 수북이 쌓여 승용
차가 넘기에는 대책 없이 벅찬 길이다. 오랜 옛날에는 정선의 구절리 사
람들도 곽곽하게 이 길을 넘어 평창의 진부장을 보러 다녔다. 길이란 더
빠르고 편한 길이 생기고 나면 수명을 다하고 말지만, 발왕재 고갯길은
봉산리 주민과 몇몇 '길의 미식가' 들로 인해 겨우 목숨을 부지하고 있다.

봉산리 사람들이야 어차피 이 길을 넘어야만 진부도 가고, 정선도 간
다. 그러나 어떤 사람들은 일부러 길을 음미하고자 이 길을 넘는다. 지프
차를 타고 혹은 산악 자전거를 타고 더러는 걸어서 넘기도 한다. 나 또한
이 길을 초가을에도 넘었고, 한겨울에도 넘었다. 한겨울에 넘는 발왕재

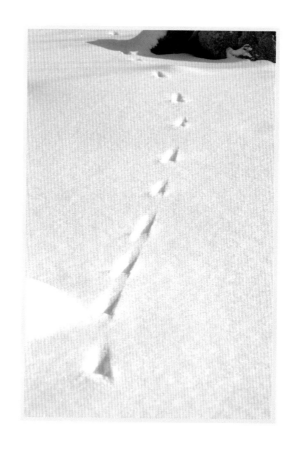

:

발왕재 계곡으로 걸어간 어떤 동물의 발자국.

는 유난히 외롭고 높고 쓸쓸하다. 고갯마루에 올라 눈 덮인 산천을 내려다보고 있으면, 공연히 눈이 시리고 마음이 아리다. 바람과 눈보라에 시달리는 자작나무의 눈부신 고투는 경건하고, 서리꽃을 뒤집어쓴 봉우리들의 겨울나기는 더없이 숙연하다. 고갯마루를 내려서면 사람이 살 것 같지 않은 계곡에 드문드문 집이 들어앉아 있다. 어떤 집에서는 구름 같은 연기가 피어오르고, 어떤 집에서는 장작 패는 소리가 들려온다.

쓸쓸하고 적막하다

봉산리는 박지산(1391미터)과 발왕산(1458미터), 두루봉(1226미터) 등의 고봉에 둘러싸인 그야말로 첩첩산중 두메 마을이다. 산에 둘러싸이고 눈에 둘러싸인 마을. 10여 년 전 처음 이곳에 왔을 때와 지금의 봉산리는 별로 달라진 것이 없다. 워낙에 깊은 산중이어서 애당초 달라질 만한 것이 있지도 않다. 다만 빈집은 더욱 늘어서 조금 더 쓸쓸해졌고, 조금 더 적막해졌다. 봉산리에서 들리는 소음이라고는 개 짖는 소리가 유일하다. 이따금 꿩이 마을로 내려왔다 개 짖는 소리에 놀라 꿩꿩거리며 날아간다. 마을을 한 바퀴 돌아도 도대체 사람을 만날 수가 없다.

본래 봉산리의 집은 10여 채도 되지 않지만, 그마저 절반쯤은 빈집으로 남았고, 나머지 집마저 농사철에 들어와 살던 사람들이 밖으로 나간 터라 겨울에는 고작해야 서너 가구만이 봉산리를 지킨다. 이들이 겨울에 마을을 떠날 수밖에 없는 이유는 폭설이 내릴 때마다 봉산리가 고립 마을이 되기 때문이고, 워낙에 높은 곳이라 겨울 혹한이 제법 가혹하기 때

1 권분하 할머니가 장작을 나르고 있다.
2 봉산리 최양순 노인이 장작을 옮기려고 지게를 지고 나서고 있다.

75

문이다. 무엇보다 이제는 사는 사람이 별로 없어 외로움을 견디기도 어렵다. 덩달아 그런 마을을 둘러보는 내 마음도 편치는 않다. 마을을 한 바퀴 다 돌고서야 겨우 노인 내외분을 만났다. 권분하 할머니(74)와 최양순 할아버지(80)다. 노부부는 쓸쓸하고 적막해도 그냥 여기에 산다. 봄에는 토종벌을 치고, 여름에는 당귀 밭을 가꾸며 그냥 그렇게 산다. 겨울이면 장작을 패고 군불을 때면서 치지직거리는 TV 연속극을 보며 산다. 이제 껏 그렇게 살아왔으니, 앞으로도 그렇게 살 것이다.

예전과 다름없이 봉산리의 집들은 여전히 함석을 얹어 놓은 흙집 아니면 투방집(귀틀집)이지만, 어떤 집은 돌보지 않아서 벽체가 무너지고 서까래가 내려앉았다. 첩첩산중 두메 마을에서 이런 풍경은 새삼스러울 것도 없다. 고향은 늙었고, 어딘가 한 군데씩은 무너져 있다. 함석으로 대충 속내를 가린 당집도 이제는 볼품이 없다. 그래도 당집 안에는 여전히 명주실 두 타래와 창호지를 여러 묶음 늘어뜨려 서낭신의 신체를 꾸며 놓았다. 수령 수백 년이 넘는다는 전나무 서낭도 변함없이 강건하게 신령한 기운을 품고 있다. 이곳의 전나무 서낭은 평창 신기리 쪽에서 오자면 봉산리의 끝이고, 정선 구절리 쪽에서 오자면 봉산리의 처음이다. 서낭당을 지나면 곧바로 구절리로 내려가는 은밀한 길이 계곡을 따라 이어진다.

어둑하고 으슥하다

한여름 장마철이면 계곡 물이 불어나 이 길은 수시로 끊기지만, 다행히 지금은 겨울이어서 음지에 쌓인 눈 더미만 조심하면 된다. 처음 고갯마루를 오를 때와 지금 계곡을 내려갈 때의 느낌은 사뭇 다르다. 올라오는 길은 산 아래 풍경이 내려다보이고 훤히 하늘이 트인 곳이지만, 내려가는 길은 빽빽하게 들어선 나무들이 하늘을 가로막고 있어 한낮에도 어둑

하고 으슥하다. 이따금 얼음장 밑으로 흐르는 물소리만 계곡에 가득하다. 오후 4시가 조금 넘었을 뿐인데도 해가 떨어져서 벌써 계곡의 숲은 컴컴한 밤중이다. 한참을 가도 구절리가 보이지 않는다. 상자개에서 두어 채의 집을 만나고, 하자개에 이르러서야 길은 산을 거의 내려와 포장도로를 만났다. 신기리에서 봉산리까지가 30리요, 봉산리에서 하자개까지가 다시 30리다.

포장도로를 만났다는 것은 구절리에 다 왔다는 것이다. 여기서 다시 남쪽으로 길을 잡으면 아우라지가 나오고, 북동쪽으로 길을 잡으면 한터마을, 배나드리, 대기리를 지나 강릉으로 빠진다. 구절리에서 대기리까지는 내내 계곡을 따라가는 비포장 길이지만, 지난여름의 큰물이 지나간 흔적이 역력하다. 길가의 어떤 나무는 가지에 아직도 비닐 조각과 옷가지가 걸려서 지난여름의 악몽을 펄럭이며 서 있다. 몇몇 여행자들에게 배나드리 가는 길은

⋮

1 발왕재 아래 봉산리에서 만난
오래된 옛집이 눈을 뒤집어쓰고 있다.
2 눈밭에서 만난 토끼.
3 봉산리 산비탈에 위태롭게 들어선 토종벌통.

이 땅에 얼마 남지 않은 구구절절 '길의 정취'가 밴 은밀한 미로美路였다. 하지만 이제는 이렇게 수마가 할퀴고 간 상처받은 길이 되고 말았다. 그 길을 내가 덜컹덜컹 넘어서 배나드리를 지날 때는 능선의 보름달이 쾡하게 계곡의 몰골을 비추는 한밤중이었다.

여행일기

　　하진부에서 아침을 먹고 출발했는데, 배나드리를 지날 때는 한밤중이 되었다. 하루 종일 나는 길 위에 있었다. 생각해 보니 나는 점심도, 저녁도 먹지 않은 상태였고, 그렇게 강릉에 도착했을 때는 자정이 넘어서 배고픔보다 밀려오는 잠을 더 참을 수가 없었다. 처음에는 그저 구절리로 넘어가 아우라지나 정선 쯤에서 일박할 생각이었다. 하지만 달빛에 드러난 길의 실루엣이 나를 배나드리 쪽으로 이끌었다. 교교한 달빛과 스산한 물소리, 외딴집의 희미한 불빛, 정처 없음, 딱 한 번 전조등을 켜고 이쪽으로 건너오던 자동차. 사진 찍지 못한 그 길의 기억은 이것이 전부다.

정선

순진한 시골

정선
: 순진한 시골

강물 속에 천 개의 달이 월인천강지곡하는

나무와 구름의 노숙장

(……)

눈 내린 숲에서 나는 희고 푸른 설경雪經을 읽는다

눈 속에서도 눈이 눈꺼풀만큼 쌓인 길 위에서

눈 속에 발목을 묻고

오! 받아주세요 망가진 이 몸,

이 슬픔, 천 개의 강을 가리키는

이 손가락—, 거두어 주세요.

　　—졸시, 〈나무아미—정선〉 중에서

어느 겨울엔가 몰운리에서 만난 아이들은 눈이 내린 승강장에서 고개를 쭉 내밀고 버스를 기다리고 있었다. 나는 그 앞을 천천히 지나쳐 몰운대 벼랑 길로 내려갔다. 막다른 절벽에 솟은 다 죽은 소나무가 하염없이 소금강 물줄기를 굽어보는 풍경 앞에서 나는 이마를 스치는 바람 줄기를 선연하게 느꼈다. 과거 무수한 시인 묵객들이 이곳을 다녀갔다. 버리고 싶은 시를 던져 버리기엔 이곳이 더없이 좋은 곳이므로. 시를 보여 주듯, 고요함의 끝에서 몰운대는 아득한 벼랑을 보여 준다. 구름이 몰려와 잠시 머물다 가는 곳. 내가 몰운대를 벗어나 다시 승강장을 지나칠 때까지 아이들은 여전히 무언가를 기다리고 있었다. 그것이 버스였는지, 아니면 곧 닥쳐올 미래였는지는 불분명하다. 그 순간 나에게는 그저 인생이 지나가는 거였지만, 아직 어린 녀석들에게는 인생이 기다리는 것이었다. 가는 길에 들른 동면식당에서는 산초기름에 두부 굽는 냄새가 미각을 자극했다. 후추 냄새에 들기름 냄새가 섞인 듯한 그 냄새는 내 발길을 잡아끌었고, 결국 혼자서 처량하게 두부 한 모를 산초기름에 다 구워 먹었다. 아랫목에서 청국장 띄우는 냄새가 구수하고 퀴퀴한 방 안이었다.

풍경의 리얼리즘

10여 년 전 정선과의 첫 만남은 그랬다. 버스를 기다리던 아이들과 이마를 스치는 선연한 바람과 미각을 자극하는 냄새와 산천과 천연함이 뒤범벅된 순진한 시골. 사북 지나 고한에서 만난 폐광촌의 저녁은 아팠고, 정암사 계곡의 겨울은 열목어의 남방 한계선을 온통 하얗게 뒤덮고 있었다. 구미정에서 만난 샛강 여울의 물소리는 오래 귓전에 부딪쳤으며, 오

∴

몰운대에서 바라본 옥수수 가리가 성기게 선 산비탈 풍경.

1 설피를 신고 나뭇짐을 진 채 집으로 향하고 있는 농부.
2 안도전 계곡에서 숨구멍을 뚫어 놓고 빨래하는 모습.

십천 숙암리의 밤은 너무 길었다. 안개가 자욱했던 새벽녘에 터미널 여관을 빠져나와 조양강을 향해 달려갈 때, 차창 너머로 희미하게 보이던 풍경은 겸재 정선의 진경산수를 고스란히 닮아 있었다. 지나치게 뾰족하지도, 지나치게 화려하지도 않은, 왜곡되지 않은 저 산천의 골격만으로도 겸재가 추구했던 풍경의 리얼리즘은 충분해 보였다.

오대천이며 임계천이며 소금강 물줄기를 다 모아 흐르던 조양강 물길은 밋밋하기 그지없던 내 삶을 이리 꺾고 저리 비틀며 궁궁을을弓弓乙乙한 세계로 나를 이끌었다. 어느새 내 입은 평생 산천만 떠돌아도 좋다, 고 중얼거렸다. 그리하여 산굽이 강굽이마다 들어앉은 웅숭깊은 마을의 밥 짓는 연기에 나는 오래 눈이 매웠다. 어디서건 나는 밥 짓는 연기만 보면 눈이 매워진다. 가난했던 놈은 배고픈 얘기밖엔 할 줄 모른다고 탓해도 나는 그저 어려웠던 시절의 행복한 기억이 그립다. 세월은 종종 과거를 미화시킨다. 좋을 것도 없으면서 많은 이들이 그때가 좋았지, 라고 털어놓는다. 어른이 되면서 우리는 시계를 갖게 되었지만, 어릴 때는 시간을 갖고 있었다. 그때는 어딘가를 꼭 가야 할 필요도 없었고, 누군가를 꼭 만나지 않아도 되었다. 뱃속에서 꼬르륵 소리가 났어도 지금처럼 힘들고 외롭지는 않았다.

10년 전 조양강(동강)에 대한 기억도 내 머릿속에서는 지저분한 것들을 다 흘려보내고, 온갖 아름다운 장면들만 남겨 놓았다. 당시 동강변 가수리에는 겨울이면 소나무와 참나무를 잇대어 질러 놓은 나무다리를 볼 수 있었는데, 하매마을로 가는 그 긴 다리를 나는 재미 삼아 건너곤 했다. 운치리 수동에는 섶다리도 있었다. 다릿목 위에 솔가지를 펴고 흙을 덮

1 방금 디딜방아로 찧은 옥수수를 키질하고 있다.
2 디딜방아로 옥수수를 찧는 모습.
3 임계에서 만난 한 할머니가 항아리에
바가지를 띄우고 물박 장단에 맞춰
정선아리랑을 부르고 있다.

어 만든 섶다리는 보기에도 좋아서 그리로 지게를 진 농부라도 지나가면 차라리 비현실적인 풍경처럼 보였다. 그러나 이런 풍경은 오랜 영월댐 논란과 관광지로의 변화를 겪는 동안 하나 둘씩 자취를 감추고 말았다.

그때 풋내기 두메 여행가에 불과했던 내가 할 수 있는 일은 변해 가는 동강변의 모습을 지켜보면서 그저 몇 줄 헐거운 문장을 보태는 것뿐이었다. 수동 사는 농부는 지게를 짊어진 채 위태롭게 섶다리를 건너 집으로 돌아갔다, 그는 이 섶다리가 수동의 마지막 섶다리가 될 것이란 예감을 쓸쓸한 강물처럼 흘려보냈다, 라는 문장 따위는 아무짝에도 쓸데없었다. 어쩌면 나는 진부하고 느린 추억의 껍데기 같은 기록을 위해 시간 낭비에 불과한 여행을 하고 있는지도 몰랐다. 한동안은 이 땅의 모든 외딴 오지가 나의 작은 영지처럼 느껴지기도 했지만, 유감스럽게도 시골의 천연함은 늘 '문명의 쾌적함'(레비 스트로스의 『슬픈 열대』에 나오는 말, 문명이 쾌적하긴 한 걸까?)에 묻혀 버렸다.

언제나 도시의 논리에 시골의 가치는 묻혀

버린다. 도시라는 거대한 괴물은 호시탐탐 힘없는 농촌을 집어삼킬 생각
만 한다. 시골이란 곳이 춥고, 불편하고, 멀기까지 하며, 없는 것이 많다
는 것을 부정하지 않는다. 그러나 그것이 시골의 문제라고 보는 것은 도
시적인 시각일 뿐이다. 사실 도시의 문제는 훨씬 더 심각하다. 매연과 폐
수, 교통 체증, 쓰레기 문제, 자원 고갈과 환경 파괴는 그저 표면적인 문
제에 불과하다. 도시화라는 개발 논리는 전통적인 인간관계를 무너뜨렸
으며, 실업자와 노숙자를 늘려 놓았고, 질 나쁜 범죄와 신종 질병과 재앙,
정신적 피폐함을 가져왔다. 개발의 혜택은 소수에게는 엄청난 이득을 안
겨 주었지만, 다수에게는 비참함과 낭패감만 안겨 주었다. 개발이란 것
이 우리의 생활에 변화를 가져왔을지언정 개선을 가져오지는 못했다. 모
든 것을 시멘트와 아스팔트로 싸 바르고 그 위를 자동차들이 빵빵거리며
달려가는 것이 발전이라고 한다면, 발전된 지구의 미래는 너무나 삭막하
고, 공허하며, 딱딱한 것이 아닌가.

불가피한 변화와 변하지 않은 것들

레비 스트로스는 도시가 '인간의 가장 뛰어난 발명품'이라고 발언했지
만, 이것은 다분히 우리가 꿈꾸는 도시상일 뿐, 오늘날 도시의 모습은 아
니다. 도시는 자연의 설계도 위에서 자연적으로 형성되어야 하는 것이
지, 한순간에 모든 것을 뒤엎고 모든 땅을 콘크리트로 쳐 발라 뚝딱 생산
해 내는 것이 아니다. 그럼에도 '자연적인 진화의 힘'(헬레나 노르베리 호
지, 『오래된 미래』)은 늘 '파괴적인 변화'에 눌려 외면당했다. 자연을 향해

구불구불 이어지던 고샅길은 고속도로에게 멸망했고, 산자락을 에둘렀던 다랑논은 공장에게 패배했다. 커다란 나무는 베어졌으며, 나무에 깃든 신성성도 함께 잘려 나갔다.

개발 앞에서는 모든 옛것이 진부한 것이었으며, 모든 자연이 거추장스러운 장애물이었다. 이런 현실이 지금껏 과거와 현재, 개발과 자연의 행복한 공존이 불가능하도록 만들었다. 사실상 해방 이후 우리를 지배한 이데올로기는 보수와 진보도 아닌 '개발'(『오래된 미래』에서는 오늘날의 정복자를 개발, 광고, 대중매체, 관광으로 꼽고 있다)이었다. 개발이 모든 것을 용납했다. 도로를 내고 댐을 세우고 갯벌을 메우고 신도시를 건설하면서 숲을 망가뜨리고 강과 바다를 오염시켰으며 다양한 생물 종을 말살하고 시골을 갈아엎었지만, '개발'은 모든 것을 용서하도록 강제하였다. 문명이 아무리 발전한다고 해서 원하는 것을 버튼 하나로 다 얻을 수는 없다. 그런 세상은 절대로 오지 않는다.

10여 년 동안 나는 열 번 이상 정선을 찾았고, 열 번 이상 가슴이 아팠다. 모든 것이 순식간에 변하는 세상에서 사실상 시골의 변화는 불가피한 것이다. 그러므로 나는 오랫동안 나를 이끌었고, 배경이 되었으며, 추억이고 현실인 그곳을 있는 그대로 받아들여야 한다. 옛 탄광촌에 카지노가 들어서고, 경치 좋은 마을마다 관광단지가 조성되었지만, 정선에는 분명 변하지 않은 것들도 엄연히 존재한다. 겨우 그리고 간신히 마지막 숨결을 몰아쉬는 것들. 북동리 함바위골에는 아직 파대(새나 짐승을 쫓기 위해 짚을 길게 꼬아 만든 줄. 이것을 허공에 돌리다 내리치면 총소리만큼 커다란 소리가 난다)를 치는 농부가 존재하고, 숙암리 단임마을에는 천막을 씌

강마을 풍경이 수면에 비친 동강의 여름 풍경.

웠을지언정 옛날의 너와집이 해발 600미터의 골짜기를 지키고 있다. 안 도전에서는 디딜방아 찧는 소리가 계곡에 가득하고, 설피를 신고 나무를 해 오는 농부와 설매(눈 위에서 타던 전통 스키) 타는 노인이 아직도 내 발길을 잡아끈다. 그것들이 존재하는 한 정선은 여전히 앞산 뒷산 빨랫줄을 매고 사는 내 마음의 가장 첩첩한 두메 골짝이요, 길이 다한 교통의 오지인 것이다. 다만 그것들이 좀 더 오래 나를 잡아끌어 주기를 바랄 뿐이다.

여행일기

언젠가 나는 캐나다 로키를 따라 여행한 적이 있다. 거기서 만난 밴프와 재스퍼는 삭막한 한국의 도시에서 온 내게 엄청난 감동을 안겨 주었다. 해발 1370미터가 넘는 곳에 위치한 캐나다 최고의 고원도시 밴프에서는 아예 고층 빌딩이 존재하지 않으며, 건물의 신증축이 모두 금지되어 있는 것은 물론 전봇대조차 옛날의 통나무 전봇대를 그대로 쓰고 있었다. 다운타운을 비껴 흐르는 보우 강에서는 흔하게 비버를 만날 수가 있고, 가을이면 회색 곰을 만나는 것도 어렵지가 않다. 도시 인근에서는 큰뿔산양 떼가 한가롭게 풀을 뜯는다. 녀석들은 내가 10미터까지 접근했는데도 꿈쩍도 하지 않았다. 재스퍼에서는 마을과 도로를 어슬렁거리는 뮬사슴을 가는 곳마다 만날 수 있었고, 다운타운을 벗어나는 순간 계속해서 엘크 떼와 맞닥뜨렸다. 두 도시에는 자연과 어우러진 다운타운과 정갈한 집들, 수시로 출몰하는(?) 야생동물, 코발트빛 하늘, 조용함, 여유, 알 수 없는 그 무엇이 존재하고 있었다. 동물을 보면 잡아먹고 팔아 먹을 생각밖에 없는 우리나라에서 이런 행복한 풍경을 기대하는 것은 아마도 실현 불가능한 꿈에 불과할 것이다.

영월 서강을 따라서

청정한 풍경 속의
섶다리, 나무다리

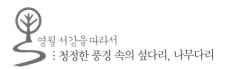

영월 서강을 따라서
: 청정한 풍경 속의 섶다리, 나무다리

굽이굽이 주천강을 따라가면 잊혀진 추억, 섶다리가 나온다. 마치 그것은 다른 시대에 존재하는 시간의 다리처럼 놓여 있다. 이쪽의 현실에서 다리를 건너면 저쪽의 과거로 사라질 것만 같은. 누군가는 차에서 내리자마자 텔레비전에서 보았다고, 어떤 할머니가 여기서 저기까지 사뿐사뿐 걸어가더라고, 자신이 지금 TV에라도 나오는 것처럼 말한다. 우리는 종종 TV나 사진이 보여 주는 미화된 추억과 만나곤 한다. 그것은 더 이상 추억을 생산할 수 없는 현대인의 정서를 자극하는 그럴듯한 상품이 된다. 섶다리도 그렇다. 한동안 현실에서 사라졌던 추억의 재생 같은 것. 추억의 화면 위로 오늘은 하염없이 눈이 내린다.

주천리 주천강에 나는 아침에 도착하였다. 주천강을 가로지르는 주천리 섶다리는 그냥 섶다리가 아니다. 섶다리를 쌍으로 질러 놓은 쌍섶다리다. 때마침 눈발은 거세져 나란히 쌍섶다리를 건너오는 어느 연인의 모습이 인상적인 장면을 연출하고 있었다. 그것은 충분히 미화될 만한

눈발이 휘몰아치는 주천강 쌍섶다리에
연인이 나란히 눈발을 헤치며 걷고 있다.

장면이었다. 분분한 눈 떼와 나란히 걷는 연인과 쌍섶다리. 나는 그 장면을 놓치지 않으려고 여러 번 사진기 셔터를 눌렀다. 때때로 사진은 문장으로는 해결할 수 없는 장면을 간단하게 해결해 버린다. 이럴 때 사진은 설명할 수 없는 것들을 설명하는 힘이 있다. 그러나 사진이란 것이 모든 설명되지 않는 것들의 해결사는 아니다. 사진은 한계가 분명하다. 찍히지 않는 것과 찍을 수 없는 것들은 어차피 문장이 보여 줘야 한다.

추억의 상품, 섶다리

섶다리 위로 한바탕 눈 떼가 지나간 뒤, 거짓말처럼 눈이 그쳤다. 그 순간 내가 그곳에 있었으며, 그것을 찍었다는 것. 어쩌면 이것이야말로 사진의 가장 큰 매력이고 가치일 것이다. 나는 문장으로 쓸 수 없는 것들을 사진으로 쓴다. 눈이 그친 쌍섶다리에는 이제 썰매를 타러 가는 동네 아이들이 건너오고 있다. 녀석들은 섶다리를 건너자 좀 더 강폭이 넓은 곳으로 옮겨 가 썰매를 타고 논다. 주천의 쌍섶다리는 그 유례가 깊다. 300여 년 전 조정에서는 원주에 부임하는 강원관찰사로 하여금 단종이 묻힌 장릉을 참배토록 하였는데, 이때 주천강을 사이에 둔 주천리와 신일리 사람들은 쌍섶다리를 놓아 장릉 참배에 나서는 관찰사 일행을 도왔다. 억울하게 죽은 단종의 슬픔을 누구보다 잘 알고 있는 영월 사람들이기에 이들의 쌍섶다리 놓기는 통행의 목적보다 단종을 기리는 의식에 가까웠다.

주천에는 이때 읊었던 〈쌍다리 노래〉가 여전히 전승돼 온다.

에헤라 쌍다리요

다리 노러 모두 가세

다리 노러 같이 가세

에헤라 쌍다리요

장릉 알현 귀한 길의

강원 감사 그 행차가

에헤라 쌍다리요

편안히 건너도록

에헤라 쌍다리요

나무꾼은 나무 베고

장정은 다리 놓고

에헤라 쌍다리요

서강으로 흘러드는 주천강과 평창강에는 수십 년 전만 해도 웬만한 강마을마다 섶다리 하나씩은 당연히 있어야 하는 것이었다. 당시에는 이 섶다리가 마을과 마을을 잇는 유일한 소통의 구실을 했다. 하지만 강마을 곳곳에 시멘트 다리가 생겨나면서 섶다리는 없어도 그만인 것이 되고 말았다.

주천에서 고갯마루를 넘어가 만나는 판운리에도 섶다리가 있다. 이곳의 섶다리는 하나

:
1 뇌운계곡 얼음 사이로 드러난 강물.
2 지게를 진 농부가 섶다리를 건너고 있다.
3 외섶다리가 있는 판운리의 겨울 풍경.

만 질러 놓은 외섶다리다. 사실 주천리의 쌍섶다리도 판운리 장정들이 원정 가서 놓은 것이다. 판운리의 섶다리는 주천리의 그것보다 훨씬 길어서 이쪽에서 저쪽으로 건너가는 것만도 한참이 걸린다. 섶다리를 둘러싼 풍경도 주천리보다 제법 운치가 있다. 과거 판운리에서는 해마다 가을걷이가 끝나면 마을 장정들이 품앗이로 모여 버드나무를 베어다 다릿목을 세운 뒤, 솔가지를 위에 얹고, 뗏장을 덮어 섶다리를 놓았다. 마을 위쪽에 시멘트 다리가 생기면서 한동안 섶다리는 자취를 감추었다가 몇 년 전 다시금 부활하였다. 이후 판운리 섶다리는 평창강을 찾는 여행자들에게 '추억의 상품' 노릇을 톡톡히 해 오고 있다.

뇌운계곡의 비밀스런 나무다리

판운리에서 좀 더 평창강을 거슬러 올라가 만나는 뇌운계곡에서는 섶다리와 그 본새가 다른 단순하고 소박한 나무다리를 만날 수 있다. 뇌운리에 있는 이 나무다리는 외지인이 잘 알지 못하는 곳에, 사람들이 거의 찾아오지 않는 곳에 비밀스럽게 놓여 있다. 뇌운리 나무다리는 통나무를 여러 개 잇대어 놓은 모양으로, 그 길이가 30여 미터에 이른다. 하지만 한 시간 넘게 나무다리 근처를 서성거려도 좀처럼 사람을 만날 수가 없다. 주천리와 판운리의 섶다리에 비하면 너무 적막해서 쓸쓸해 보인다. 나는 계곡의 물이 다릿목에 부딪치는 소리에 묻혀 나무다리를 열 번도

뇌운리에서 볼 수 있는 운치 있는 나무다리. 섶다리와는 또다른 아름다움을 풍기는 다리다.

더 건너 보았다. 건너다 한번은 잔설에 미끄러져 하마터면 물에 빠질 뻔도 하였다. 끝끝내 다리를 지나는 사람을 만나지 못하고 나는 발길을 돌렸다.

돌아가는 길에 다수리에서는 옥수숫대로 세운 김치 움을 만났다. 김치 움은 짚막을 세우는 게 예사지만, 과거 짚이 귀한 강원도 산골에서는 옥수숫대로 엮은 김치 움을 더러 볼 수 있었다. 김치 냉장고가 흔해진 지금이야 김치 움이라는 것 자체를 만나기가 어려운 시절이지만, 다수리에서는 옥수숫대 김치 움을 만나는 것이 어려운 일이 아니다. 사실 아무것도 아닌 것 같은 이런 생활 문화의 유산이 내 오랜 관심사였다. 특히 우리 주변에서 사라져 가고 잊혀져 가는 것들은 내가 지난 10여 년 동안 줄곧 매달려 온 테마이기도 했다. 그러나 누군가가 아무리 매달려도 그것들은 끊임없이 사라져 가고 잊혀져 간다. 안타깝지만 어쩔 수 없는 일이다.

평창강은 서강으로 흐른다. 주천강도 서강으로 흐른다. 평창강과 주천강은 옹정리 선암마을이란 곳에서 한 몸이 되어 폭넓은 서강을 이룬다. 최근 한반도 모양의 절벽이 있는 마을로 알려진 곳, 거기가 바로 선암마을이다. 그곳을 나는 주천강을 따라서도 갔고, 평창강을 따라서도 갔다. 봄에도 갔고, 여름에도 갔으며, 겨울에도 갔다. 일부러 한반도 절벽을 만나러 간 것은 아니지만, 간 김에 한반도 절벽을 서너 번 구경했다. 겨울에 찾아간 선암마을의 앞강은 꽁꽁 얼어붙어 있었다. 얼음 위로는 몇 날 며칠 눈이 쌓여서 뼝대(절벽)를 휘돌아 가는 강줄기가 허옇게 굽이졌다.

한때 선암마을에도 섶다리가 있었다. 판운리와 주천리처럼 과거에 놓았던 섶다리를 다시 재현해 놓은 것이었다. 그러나 딱 한 번 재현되었던

섶다리는 선암마을에서 다시 자취를 감추었다. 사실 옛날의 아름다운 추억은 본래의 재현이 불가능하다. 추억의 산물을 섶다리처럼(가상현실처럼) 만들어 낼 수는 있어도 옛날의 순진한 목적과 소박한 정서까지 옮겨다 놓을 수는 없는 노릇이다. 오랜 동안 나는 이 땅의 궁벽한 곳들을 찾아다니며 더러 유년 시절의 추억을 만날 수 있었지만, 그 세계는 오래 지속되지 않았다. 내가 지나갔던 시간과 장소들은 대부분 관념적인 고고학에 묻혀 버렸다. 지금은 사라져 버렸지만, 그것이 사라져서는 안 된다고 말하는 것이 얼마나 부질없는 짓인가. 내가 지켜 갈 것도 아니면서 누군가가 지켜 주기를 바라는 것이 얼마나 공허한 희망인가.

:
1 뇌운계곡 아랫마을인 다수리에서 만난
옥수숫대 김치 움집.
2 선암마을에서 기울어 가는 흙집 건조실.
기울어 가는 농촌의 현실.

여행 일기

　선암마을 윗마을인 괴골에는 최병성 목사가 산다. 그는 한때 서강 상류의 쓰레기장 건설에 맞서 '반대투쟁위원회' 공동 회장을 맡아 서강을 지켜 내는 데 앞장을 섰던 분이다. 요즘도 그는 시멘트 공장의 쓰레기 문제를 집중적으로 파헤쳐 그 심각성을 널리 알리고 있다. 사실 그가 서강에 들어와 살게 된 것은 천연한 자연 속에서 자연스럽게 살아가고자 하는 바람 때문이었다. 실제로도 그는 비디오와 사진기를 들고 다니며 그동안 서강의 생태와 자연환경을 꾸준히 촬영해 왔다. 그는 굳이 자신이 나서서 환경오염의 심각성을 알리지 않는 날이 오기를 바라고 있다. 그저 온전히 서강을 오르내리며 비오리 가족과 수달을 찍고, 꽃과 물방울만 찍어도 되는 날이 오기를 바라고 있다. 그러나 오염된 현실이 그를 가만 놔두지 않는다. 그는 오늘도 카메라를 둘러매고 자연의 아름다움 대신 망가진 자연을 찍고 있다.

삼척 무건리 가는 길

외롭고 높고 쓸쓸한,
산모롱이 길

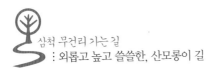

삼척 무건리 가는 길
: 외롭고 높고 쓸쓸한, 산모롱이 길

때때로 차를 버리고, 걷고 싶은 길이 있다. 오로지 발바닥으로 흙과 교감하며, 길의 질감을 느끼고 싶은 길이 있다. 예를 들면 무건리 가는 길이 그렇다. 무건리('물건네'에서 유래) 소재말에서 큰말까지 이어진 10여 리 길은 차와 사람을 전혀 만날 수 없는 심심하고 무료한 길이다. 이 은밀한 길은 산 아래 소재말에서 시작된다. 소재말에서 가파른 고개(국시재)를 올라서면 고갯마루에 성황 나무가 한 그루 서 있고, 거기서부터 큰말까지는 비탈이 거의 없는 평탄한 길이 내내 이어진다. 다만 너무 심심하지는 않게 길은 산자락의 굽이를 따라 구불구불 에움진다. 산의 능선도 길처럼 흘러서 멀찍이 다른 능선과 만나고 겹치고, 헤어진다.

수시로 몸을 바꾸는 구름과 바람에 잎들이 맞부딪치며 내는 미묘한 소리와 봄 산을 아찔하게 물들이는 초록 계통의 빛깔과 흰 색에서부터 붉은색까지 길가에 핀 갖가지 봄꽃과 노랗고 붉은 가을 단풍과 숲에 깃든

소재말에서 국시재를 오르면
호젓한 산중의 길이 무건리 큰말까지 뻗어 있다.

적막과 적막을 흔드는 어떤 새의 음악들. 그 속으로 걸어간 발자국들. 도로에서는 볼 수 없는 많은 것들을 나는 길 위에서 보았다. 차를 타거나 속도를 내서 지나가면 보지 못했을 것들을 길 위의 보행에서 나는 보았다. 그것이 가끔씩 산중 비포장 길에 차를 버려두고 굳이 내가 흙길을 밟아보는 이유다. 인류 문명사의 가장 위대한 발명품 가운데 하나가 길이라고 했던가. 그러나 공교롭게도 그것은 속도와 물류 기능이 더해진 '도로'가 되면서 자연과 자원을 파괴하는 통로가 되고 말았다.

길의 미학

기능적으로 길과 도로는 다른 것이다. 길이 태생적이고 자연적인 것에서 비롯된 것이라면 도로는 인위적이고 문명적인 요소가 가미된 것이라 할 수 있다. 길은 애당초 보행을 목적으로 한 것이지만, 도로는 자동차나 기차와 같은 교통수단을 위한 것이다. 길에서는 여유와 사색이 느껴지지만, 도로에서는 속도감과 경쟁심만 느껴진다. 길에는 자연의 모든 흔적과 무수한 전설과 이야기가 깃들어 있지만, 도로에는 시공 일자와 교통사고의 흔적만 남아 있을 뿐이다. 어쩐지 길에서는 걸어야 할 것 같고, 도로에서는 달려야 할 것 같은 기분이 난다. 그저 길은 산굽이 강굽이를 해치지 않고 땅의 모양대로 흘러간다. 하지만 도로는 그것을 무시하고 곧장 일직선으로 질러간다. 앞에 강이 있으면 다리를 놓고, 산이 있으면 터널을 뚫어서라도 질러가는 것이 도로이다. 길은 굳이 도로처럼 폭넓을 필요가 없다. 기껏해야 우마차를 비킬 정도의 넓이면 충분했다. 하지만

도로의 폭은 자동차가 늘고 물동량이 많을수록 점점 더 크고 넓어져야만 했다.

동양에서의 길이 인생의 순리나 깨우침을 뜻하는 '도道' (길)였다면, 서양의 길은 단지 교통과 이동을 목적으로 한 '로路' (도로)에 가까웠다. 서양에서는 옛날에도 산허리를 자르고 속도를 내기 위해 직선으로 길을 내고, 바닥에 돌로 포장을 해야 직성이 풀렸다. 모든 길이 통한다던 로마의 길도 그러했다. 하지만 동양에서는 일부러 산을 까뭉개고 바닥에 돌을 깔면서까지 길을 내지는 않았다. 고개가 있으면 넘어가고, 산이 있으면 돌아가면 되는 거였고, 사람이 다니던 자취가 쌓여 자연스럽게 길이 되었다. 하루나 이틀 더 걸린다고 해서 문제가 될 건 없었다. 동서양 길의 차이는 바로 삶의 양식과 정신의 차이에서 온 것이다.

서양인들은 자신들이 신대륙을 발견하고, 오지와 극지를 탐사했으며, 또 그런 사람을 위대한 탐험가로 부르곤 한다. 그들이 오기 훨씬 전부터 그곳에는 사람들이 살았고, 이미 문명과 사회가 존재했음에도 불구하고, 자신들의 눈에 띄었다는 것만으로 '발견'을 갖다 붙였다. 서양인이 자랑하는 콜럼버스나 아문센은 정복을 위한 선발대에 다름 아니다. 그들이 다녀간 뒤에는 그들이 왔던 길을 따라 어김없이 총칼을 앞세운 군대가 들이닥쳤다. 그리하여 탐험가들이 다녀간 곳은 십중팔구 식민지가 되거나 주객이 전도되어 원주민이 되레 오랜 터전에서 쫓겨나야만 했다. 그들의 탐험은 정복을 위한 것이었고, 그들의 길은 지배를 위한 것이었다. 전통적인 우리의 길이 맨 처음 파괴되기 시작한 것도 일제가 침략과 수탈로에 다름 아닌 철길과 교통로를 건설하면서부터이다.

　물자 수송과 침략을 위해서는 되도록 넓고 곧게 도로를 건설해야 했고, 그 과정에서 수천 년이나 이어져 온 우리의 길은 뭉텅뭉텅 잘려 나가거나 일직선으로 뻗은 신작로가 되고 말았다. 새마을운동과 함께 시작된 경제개발시대에 이르러 또 한 번 우리의 옛길은 대대적인 수난을 당해야 했으며, 오늘날까지도 그 수난의 길은 계속되고 있다. 길이 사라진 곳에는 어김없이 포장된 도로가 생겨났다. 길은 교통로이기 이전에 그 자체로 자연이고 문화이고, 삶의 유산이지만, 우리나라에서 이제 길이란 보기 좋게 포장해서 사람과 자동차가 좀 더 편하게 다니도록 만들어야 할 구시대의 유물로 인식되고 있다. 그 안에 깃든 자연과 문화와 숱한 사연과 전설과 사람에게 전해 주는 정서적 기능과 미적 기능을 모두 외면한 채 그저 깔아뭉개서 시원하게 포장도로를 만들어야만 하는 게 건설 공화국의 의무이자 사명처럼 인식되고 있다.

몸과 마음을 무장해제하라

그래서 더욱 겨우 남아 있는 시골 길은 눈물겹다. 간신히 흘러가는 시골 길은 안쓰럽다. 몸과 마음을 무장해제시키고 걸어야 제격인 무건리가는 길. 이 길을 나는 가을에도 왔고, 봄에도 왔다. 가을에는 침엽수의 무덤덤한 갈색 빛깔을 구경하며 이 길을 걸었고, 봄에는 갖가지 꽃이 핀 풍경을 보며 또 이 길을 걸었다. 길 위에서의 시간은 가을보다 봄이 더디었다. 가을에는 너무 늦게 그 길에 올랐다가 다시 내려왔을 때는 날이 다 저물었다. 어둡기 전에 내려오려고 그때는 너무 빨리 걸었다. 봄에는 아침 일찍 떠나서 점심때가 훨씬 지나서야 내려왔다. 봄빛과 봄꽃을 구경하느라 발걸음도 덩달아 더디었다. 가을 저녁의 길은 약간 두려웠고, 봄 아침의 길은 더없이 눈부셨다.

소재말에서 큰말로 오르는 고개에는 아예 차가 들어가지 못하도록 차단기를 만들어 놓았다. 설령 그것 때문이 아니더라도 이 길은 걸어서 발바닥으로 길의 질감을 퍼 올려야 제격인 길이다. 길은 계속해서 무언가를 내게 보여 주며 걸음을 멈추게 했다. 가령 난생 처음 보는 귀룽나무 꽃이라든가 분꽃나무가 그랬고, 흔하게 보았지만 여전히 사람을 환장하게 하는 산복사꽃이며, 개살구꽃이 그랬다. 무건리 큰말에는 농사철에만 한시적으로 사람들이 들어와 사는 까닭에 이른 봄, 늦가을에는 길에서 사람 구경조차 할 수 없다. 봄에도 가을에도 큰말의 집들은 모두 텅 비어 있다. 집이라고 해 봐야 고작 10여 채도 되지 않지만, 대부분은 쓰러져 가는 빈집이고, 사람이 잠시 머물다 간 흔적이 보이는 집도 겨우 서너 채에 불과하다.

1 무건리 큰말의 회벽을 발라 놓은 흙집의 벽.
2 무건리 큰말의 흙집은 대부분 빈집으로 남아 있다.

큰말의 빈집 마루에 앉아 있으면, 산바람이 금세 걸어오면서 흘린 땀을 식혀 준다. 도계 인근 산자락의 장쾌한 풍경도 한눈에 들어온다. 어떤 집은 주인이 떠난 뒤, 부엌이며 안방의 벽이 다 무너져 내렸다. 어떤 집은 아직도 사람이 오면가면 하는지 농기구며 세간이 그대로다. 집이 몇 채 안 되는 관계로 집 구경은 금세 끝이 난다. 마을 뒤편으로는 두루뭉술한 산자락을 통째로 빌린 비탈 밭에 무언가를 심었다가 거둔 흔적이 역력하다. 한 시간도 안 걸리는 마을 구경을 마치고 나는 주인도 없는 빈집 마루에 벌렁 누워 한참이나 한량 흉내를 내보았다. 그러다 얼핏 잠이 든 것도 같은데, 일어나 보니 점심때가 한참 지났다. 배에서 꼬르륵 소리가 나지 않았다면 나는 좀 더 오래 그곳 빈집 마루에서 빈둥거렸을 것이다.

큰말에서 내려와 다시 소재말에 이르렀을 때, 마을에서 만난 전동섭 씨(71)는 부엌에서 군불을 때고 있었다. 아궁이 옆에는 옛날부터 써 오던 화티가 고스란히 남아 있다. 그에 따르면 자신이 젊었을 때만 해도 무건리의 약 70여 가구가 대부분 너와집이거나 굴피집이었다고 한다. 더러 청밀짚을 지붕에 이은 청밀 초가도 있었다고 한다. 내가 목이 말라서 마실 물을 청하자, 그는 바가지 가득 찬물을 떠 가지고 와 건넨다. 물맛이 달다. 오랜만에 왕복 20여 리 길을 걸은 터라 단숨에 나는 찬물 한 바가지를 다 비워 냈다.

 여행일기

내게 필요한 것들

- 필름과 수첩
- 약간의 용기와 너스레
- 주머니가 많이 달린 점퍼
- 바나나 우유와 초코파이
- 『슬픈 열대』와 『오래된 미래』
- 닳아 버린 시작詩作 노트

삼척 신리에서 황조리까지

하늘과
맞닿은 마을

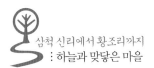

삼척 신리에서 황조리까지
: 하늘과 맞닿은 마을

오래 전 삼척의 도계는 알아주는 탄광촌이었다. 수많은 광부가 몰려들었고, 급조한 사택이 들어섰으며, 시커멓게 탄 묻은 돈이라도 벌어 볼 요량으로 숱한 식당과 술집이 탄광촌을 따라 다닥다닥 들어섰다. 노다지는 아니었지만, 도계의 하늘에 탄가루가 날릴 때는 그래도 살 만했다. 골목에서는 아이들의 딱지 치는 소리와 조금은 거칠게 욕하는 소리가 탄가루처럼 날렸다. 아침에 널어놓은 빨래가 저녁이면 새카맣게 물들었을지언정 읍내는 사람 사는 소리들로 넘쳐났다. 힘겹게 살고, 어렵게 살고, 없이 살고, 몸을 밑천으로 살았을지언정 그런 대로 괜찮은 시절이었다. 그러나 폐광이 줄을 잇고, 광부들이 하나 둘 사택을 버리고 떠나면서 도계 읍내는 적막하고 막막한 산중으로 변해 갔다.

떠난 이에겐 떠나야만 했던, 떠나지 못한 이에겐 남아야만 했던 사연이 있는 법이다. 나는 읍내의 허름한, 기껏해야 두 사람이 누우면 그만인, 여인숙 간판을 내걸었어야 옳았을 오래된 여관에서 잠을 설치고, 아침 일

하늘 아래 첫 동네라 할 만한 황조리 성하밭의 산비탈 외딴집.

찍 소부치재를 넘었다. 오른쪽은 태백, 왼쪽은 삼척, 뒤로는 통리협곡을 두고 고개 넘어 신리에 당도한다. 옛날 부대기꾼이 살던 두 채의 너와집과 물레방아가 쓸쓸하게 남아 있는 곳. 더러 사람 살지 않는 빈집이 생채기처럼 남아서 지붕이 내려앉고 벽이 무너져 가는 산 깊은 두메 마을. 마을에 남아 있는 두 채의 너와집과 물레방아(중요민속자료 제33호) 덕분에 신리는 민속 마을이 된 지도 오래다. 너와집 안에는 고콜과 화티, 채독, 나무 김치통, 설피와 같은 손때 묻은 유물도 보관되어 있다.

황새가 많아 황새터

고콜(방 안에 관솔을 피워 난방과 조명을 하던 일종의 벽난로)과 화티(부엌 아궁이 옆에 불씨를 보관하는 불씨 아궁이)는 너와집뿐만이 아니라 이미 오래 전에 버려진 빈집에서도 더러 볼 수가 있다. 나의 못된 버릇 가운데 하나는 빈집을 구경하는 것인데, 신리에서 만난 두 곳의 빈집에서 나는 고콜과 화티를 발견했고, 하얗게 회칠을 한, 완벽하게 원형이 남은 고콜도 만날 수 있었다. 신리의 옛 이름은 부싯골이다. 이름처럼 마을 주변에서는 옛날에 산불이 자주 일어났는데, 사람들은 그것이 이름 때문이라고 여겼다. 소부치재가 신리(새 마을)로 개명된 것은 바로 그 때문이다.

신리에 인접한 마을은 하나같이 웅숭깊은 두메 마을이다. 가곡면 동활리도 그렇고, 도계읍 황조리도 그렇다. 특히 육백산(1244미터)이 솟아 있는 황조리는 삼척의 전형적인 산촌의 모습을 띠고 있다. 옛날부터 황새가 많아 황새터, 황새밭이라 불려 온 황조리는 덕지기·가마실·방우리·성하밭·황새터 등 여러 자연 마을이 육백산 골짜기를 따라 흩어져 있는데, 특히 성하밭과 황새터는 해발 800여 미터 안팎에 자리 잡고 있어 그야말로 마을이 하늘과 맞닿아 있다. 육백산의 넓은 고원 지대와 기름진 땅은 옛날부터 알아주는 땅이었다. 전설에 따르면 육백산은 600마지기의 감자 밭이 있어서 붙여진 이름이라 하고, 600말의 조를 뿌릴 만큼 밭이 많아서 붙여진 이름이라고도 한다.

현재 성하밭 마을에는 여섯 가구, 황새터에는 한 가구만이 외롭게 살고 있다. 황새터에도 과거에는 10여 가구가 살았으나, 마을의 8만여 평 부지에 삼척대 캠퍼스 조성 사업이 진행되면서 지금은 모두 마을을 떠났다. 그 옛날에는 화전민 정리 사업으로 부대기꾼들이 쫓겨나더니 이제는 대학 캠퍼스 조성이 남은 사람들을 떠나게 만들었다. 솔직히 말해 이곳에 대학 캠퍼스를 조성하는 일은 헛웃음밖에 안 나오는 코미디 같은 일이다. 두메 마을에 대학을 짓는다는 것도 그렇고, 캠퍼스 같은 규모의 건물이 들어서려면 청정한 육백산의 산자락을 절단 내야 하는데, 이런 절단 내는 사업을 승인한 행정 절차 또한 아무래도 납득할 수가 없다.

산마루 꼭대기 성하밭

"올해 여기 사는 기 마지막이야. 옛날 우리 집이 능에집(너와집)이었어. 옛날엔 능에 떠다 얹으면 막 잡아가고 그래서 거 왜 음새 있잖소. 그기 베가지고 이와가 살고 그랬지. 인제 나가라면 나가야지 어쩌겄어." 황새터의 마지막 주인 차현자 씨(69)의 말이다. 사람 사는 집 한 채에 빈집이 예닐곱 집. 마을 주변은 온통 고랭지 채소밭이지만, 이곳의 채소 농사도 올해가 마지막이다. 황새터에 살다 아랫마을로 내려갔다는 할머니 한 분은 배추 밭을 핑계로 마실 와서 차 씨네 마당에 걸터앉아 주인네와 묵은 얘기를 나눈다. 절편이며 송편, 시루떡도 내놓고 아예 갈 생각도 안 한다. 두리번거리며 집 구경하는 생면부지의 나까지 불러 떡 인심을 쓴다. 산꼭대기 집에 오랜만에 시끌벅적 사는 소리가 난다. 할머니가 데려온 개는 사냥개처럼 고원의 배추 밭을 뛰어다니고, 갑자기 나타난 개에게 쫓긴 꿩도 몇 마리 꿩꿩거리며 날아간다.

황새터와 덕지기 중간쯤에 자리한 성하밭도 올라가는 길이 엄청난 비탈길이다. 집이 있을 것 같지 않은 산꼭대기 아래 여섯 채의 집이 드문드문 떨어져 있는 성하밭에 오르자 황조리 일대가 한눈에 내려다보인다. 마을 주변에는 제법 너른 밭도 있어서 콩도 심고 더덕도 심었단다. 성하밭은 집집이 도리깨질이 한창이다. 이옥춘 씨(66)네 마당에서도 어머니와 아들의 도리깨질이 투덕투덕 산자락을

1 성하밭에서 만난 이옥춘 씨가
마당에서 도리깨 콩 타작을 하고 있다.
2 황조리 덕지기에서 만난 한 할머니가
마루에 앉아 곶감을 깎고 있다.
3 황조리 외딴집 앞의 곶감 말리는 풍경.
4 황새터의 유일한 주민인
차현자 씨가 부엌을 들여다보고 있다.

116

울려댄다. 사방에 콩이 튀고, 먼지가 날린다. "갈게(가을에) 소 먹는 거 뭐 우리 먹는 거 다 준비해 놓고, 한겨울에는 기냥 들어앉아 살아요. 눈이 마이 올 적이는 뭐 내 가슴까지 올 정도로 눈이 와노니 여서는 다 그래 살아요." 이씨는 열아홉 살에 시집 와 45년 넘게 가파른 산비탈을 오르내리며 살았다. 산이 높아 눈이 내리는 겨울이면 성하밭 사람들은 꼼짝없이 갇힌다.

마을 한가운데는 성하밭 당집이 우거진 풀 덤불을 둘러썼다. 이제는 당제를 지내지 않는지 당집의 문짝은 낡을 대로 낡아서 만지는 순간 내려앉을 것만 같다. 그래도 황새터와 달리 성하밭은 사람이 부러 떠나지 않는 한 전형적인 두메 마을의 모습을 얼마간은 유지할 것이다. 얼마간은 도리깨 타작 소리가 그치지 않을 것이다. 하지만 노인들만 사는 이 마을 사람들이 하나 둘 저 세상으로 떠나면 성하밭도 어쩔 수 없이 빈 마을이 될 수밖에 없다. 그렇게 이 땅에서 자취를 감추는 것이 오늘날 외딴 마을의 운명이다. 산자락에 폭 잠겨서 자연의 식구가 다 된 두메 마을이 결국 자연으로 돌아가는 것이야 누가 말리겠는가. 거기에 펜션이 들어서고, 스키장이 들어서는 것보다야 그 편이 훨씬 명예로운 최후일 것이다.

황조리 인근 신리 너와집
방 안에서 바라본 가을 들녘 풍경.

여행일기

　봄에 한 번 더 황조리를 찾았을 때 들판에는 복사꽃이, 산자락에는 진달래와 붉은 병꽃이 만개해 있었다. 덕지기 개울가에 나는 차를 세워 놓고 한참을 꽃 구경하였다. 지게에 쟁기를 지고 가는 농부가 흘끔 나를 쳐다보았다. 저런 한심한 놈, 속으로 농부는 그랬을 것이지만, 나는 그렇게 오래 작심하고 꽃 구경해 본 적이 처음이었다. 더구나 그렇게 흔한 복사꽃을 점심도 굶은 채 그렇게 오래 구경하다니! 🌷

울릉 북면의 가을

원시의 숲에
잠기다

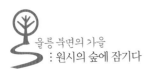

울릉 북면의 가을
: 원시의 숲에 잠기다

순간을 음미하라. 내가 여행할 때 자주 중얼거리는 말이다. 여행 길에서는 언제 어디서 어떤 일이 느닷없이 일어날지 모르는 일이다. 때로는 길을 잘못 들 수도, 사람을 잘못 만나 봉변을 당할 수도, 갑자기 비를 만나거나 폭풍을 만나 발이 묶일 수도 있다. 아무리 발을 동동 굴러도 소용없을 때가 있다. 이럴 때 가장 좋은 방법은 그건 소용없는 짓이야, 라고 스스로 체념하는 것이다. 체념하고 나면 이제 모든 것이 달라 보인다. 보이지 않던 밑바닥이 보이기 시작한다. 설령 행복하거나 즐겁지 않더라도 그 순간을 당장에 벗어날 수 없다면, 벗어날 생각을 잠시 접어 두어야 한다. 울릉도와 같은 섬을 여행할 때면 더욱더 그렇다.

울릉도는 이번이 네 번째 여행이다. 처음 울릉도에 왔을 때는 겨울이었는데, 도착하는 날부터 악천후가 계속되는 바람에 사흘이나 도동에서 발이 묶였다. 두 번째와 세 번째는 그럭저럭 괜찮은 편이었고, 네 번째도 폭풍우로 이틀간 발이 묶였다. 11월이었고, 울릉도에는 뭍보다 한발 늦은

죽도 인근 바다의 새벽 풍경.
오징어잡이 배와 다른 어선들이 바다에 불빛을 그려 내고 있다.

가을이 한창이었다. 본래 기상이 좋았다면, 독도를 한 바퀴 둘러볼 생각이었으나, 배가 뜨지 않아 나는 승합차를 얻어 타고 울릉도의 뒤편으로 돌아갔다. 도동은 나처럼 독도를 밟아 보려는 사람들 때문에 여관에 빈방이 없을 정도로 북적거렸다. 하지만 울릉도의 뒤편인 현포·천부·나리는 따분할 정도로 한가했다.

알봉분지 숲길에서 만난 딱따구리

서면 태하리에서 구불구불 현포령을 넘어가면 드넓게 시야가 트이면서 현포항과 북면 일대의 해안 절경이 시원하게 펼쳐진다. 늦가을임에도 현포리 비탈 밭에는 푸릇푸릇 부지깽이 나물이 보리 싹처럼 돋아 있다. 부지깽이는 울릉도에서만 자라는 섬쑥부쟁이로, 가을에 씨를 뿌려 주로 봄에 뜯어서 무치거나 데쳐 먹는다. 나물의 맛은 향긋하고 달큰해서 취나물만큼이나 맛있다. 울릉도 사람들에게 부지깽이는 돈이 되는 '돈 나물'이다. 때로 부지깽이 농사는 고기 잡는 것보다 낫고, 2월쯤에 주로 채취해 팔기 때문에 자식들 공부시키는 '대학 나물'로도 불린다. '부지깽이'란 이름은 과거 이 나물을 먹지 않을 때, 웃자란 줄기를 잘라 부지깽이로 사용했다는 데서 비롯된 것이다. 어떤 사람은 울릉미역취를 부지깽이 나물로 부르기도 하는데, 얼핏 보면 비슷하게 생겼지만, 자랄수록 모양새가 달라지고, 꽃도 미역취는 노랑, 부지깽이는 흰 색을 띤다.

울릉도 북면 해안은 비경의 연속이다. 우산국 시절의 도읍지인 현포리에서 해안 도로를 따라가면 신기하게 생긴 공암(일명 코끼리바위)이 조금

:
1 울릉 북면의 비경으로 손꼽히는 삼선암 풍경.
2 나리분지에서 만날 수 있는 너와집.
3 현포항 쪽에서 바라본 공암. 일명 '코끼리바위'라고 불린다.

성인봉에서 내려다본 알봉분지와 주변 산자락 풍경.

씩 코끼리로 변해 가는 모습을 볼 수가 있다. 천부에서 섬목으로 이어지는 해안에는 딴방우(딴바위), 삼선암, 깍새섬, 죽도(유일한 유인도)가 차례로 절경을 드러낸다. 그러나 북면의 진정한 비경을 보고자 한다면, 나리분지와 알봉분지를 놓쳐서는 안 된다. 나리분지와 알봉분지는 성인봉(984미터)과 주변의 크고 작은 봉우리들이 빙 둘러싼, 움푹한 곳에 자리해 있다. 이곳에는 조선시대 개척민 1세대의 유물이라 할 수 있는 투막집도 여러 채 남아 있다. 투막집은 뭍에서의 귀틀집처럼 통나무 귀를 맞춰 쌓은 집을 말하는데, 본체 주위에는 억새나 옥수숫대를 엮어 만든 '우데기'를 빙 둘러친다. 울릉도의 투막집은 나무를 쪼개 만든 너와 지붕이 한 채, 억새를 떠다 엮은 억새 지붕이 네 채다. 지금은 모두 사람이 살지 않는 전시용 투막집이다.

10년 전에 비해 나리는 많은 것이 변했다. 꽤 많은 집들이 나리를 떠났고, 남은 집들은 대부분 호구지책으로 식당이나 민박집 간판을 내걸었다. 나는 승합차를 함께 타고 왔던 관광객들이 건네는 막걸리 한 잔과 파전 한 조각을 얻어먹고, 혼자서 성인봉 쪽으로 길을 잡았다. 오전 10시였고, 알봉분지를 거쳐 성인봉을 넘어가 나는 도동으로 내려갈 생각이었다. 나리에서 알봉분지로 이어진 길은 숲을 음미하기에는 더없이 좋은 길이다. 숲에서는 내내 나무를 두드리는 딱따구리 소리가 났다. 심지어 20여 미터 앞에서도 딱따구리는 고목을 쪼아 대고 있었다. 나중에 자료를 찾아보니 이곳 인근에 울릉도에만 자생하는 울도큰오색딱따구리가 있다고 한다. 하지만 내가 본 녀석이 그 녀석인지는 알 수가 없었다.

알봉분지에 거의 이르렀을 때, 말로만 듣던 '울릉국화 · 섬백리향 군락

나리분지에서 알봉분지로 가는 숲길에서 만난 딱따구리.

지' 가 눈앞에 펼쳐졌다. 11월이어서 꽃이 남아 있을까 염려했지만, 군락지에는 절정에 다다른 희고 뽀얀 울릉국화와 지기 직전의 연자주 섬백리향이 마지막 향기를 퍼뜨리고 있었다. 섬백리향은 그 향기가 100리까지 간다고 해서 붙여진 이름인데, 옛날 뱃사람들은 이 섬백리향 향기로 뱃길을 잡았다는 믿지 못할 이야기도 전해 온다. 어떻게 울릉국화와 섬백리향이 같은 장소를 서식처로 삼고 있는지는 알 수 없지만, 워낙에 귀한 꽃이라 이곳의 군락지는 천연기념물로 지정해 보호하고 있다.

필름 통을 물통 삼아

알봉분지에서 성인봉으로 오르는 길은 신령수 지점까지 완만한 고갯길이지만, 신령수를 지나면서부터는 가파른 경사가 6~7부 능선까지 계속된다. 가파른 경사가 한풀 꺾이는 지점부터는 이제 정상부까지 성인봉 원시림 지대(천연기념물 제189호)가 내내 이어진다. 아름드리 나무에서 아무렇게나 뻗어 올라간 가지와 그 가지를 휘감고 이 나무 저 나무로 치렁치렁 뻗어 나간 넝쿨이 얽히고설킨 천연한 원시의 숲! 해가 들지 않을 정도로 컴컴한 활엽수 그늘에는 비밀의 화원처럼 이끼의 숲과 고사리 숲, 털머위 밭이 펼쳐져 있다. 때마침 단풍은 절정에 이르러 원시림이 만들어 내는 갖가지 빛깔의 잎들은 입을 다물 수 없을 정도로 황홀하다. 그동안 숱한 단풍을 보아 왔지만, 이토록 아찔한 단풍은 처음이다.

사실 원시림 지대까지 올라오는 동안 나는 태어나서 가장 힘든 등산을 해야 했다. 경사가 험한 탓도 있지만, 생각해 보니 나는 아침도 먹지 않았고, 나리에서 겨우 파전 한 조각과 막걸리 한 잔을 먹은 게 전부였다. 배가 고파서 거의 쓰러지기 일보 직전이었다. 게다가 나는 10킬로그램이 더 되는 카메라 가방까지 메고 있었다. 설상가상 가방 외피 주머니에 찔러 넣었던 물통은 어디로 빠졌는지 보이지 않았다. 원시림 인근 샘물에서 나는 물로 배를 채웠지만, 물을 담아 갈 통이 없었다. 통이라고는 네 개의 빈 필름 통밖에 없었다. 기껏해야 물 한 모금 들어가는 필름 통마다 물을 채우고 있는 내 모습을 보고 있자니 한심했다. 순간을 음미하라. 극한 상황에서는 이 말이 사치스럽게 들렸다. 그래도 여기까지 올라온 이상 아찔한 원시림 단풍과 성인봉에서 알봉분지까지 스펙트럼처럼 펼쳐진 단풍의 물결을 그냥 지나칠 수는 없었다. 거의 탈진 상태에서 나는 셔터를 눌렀다. 그리고는 성인봉 정상에서 한 20분쯤 죽은 듯이 누워 있었다.

다행히 성인봉에서 도동으로 내려가는 길은 올라온 길보다 훨씬 순했다. 성인봉을 오를 때 사람들이 왜 도동 쪽에서 오르는지 알겠다. 이래저래 성인봉에서 내려와 도동에 도착했을 때는 오후 5시가 다 되어 있었다. 공복이나 다름없는 상태로 일곱 시간의 산행을 한 셈이다. 내려오자마자 나는 식당으로 들어가 무슨 약초 해장국인가를 시켜 단숨에 비워 버렸다. 그리고는 숙소로 돌아와 씻지도 않은 채 그냥 곯아떨어졌다. 나중에 안 사실이지만, 그날 오전에 출발하지 못했던 독도행 유람선은 날씨가 좋아진 오후에 출발해 무사히 접안에 성공했다고 한다. 나는 덤덤하게 이 소식을 전해 들었다. 해발 984미터에 불과한 성인봉이 나에게는 무슨 극지처럼 느껴져 그곳을 다녀온 것만으로도 충분하다고, 나는 혼자 마음을 다독였다.

여행일기

섬에는 조수의 간만을 비롯하여 자연의 리듬과 조화를 이룬 전통적인 생활의 속도가 존재한다.

(—쓰지 신이치의 『슬로 라이프』 중에서)

그러고 보니 1997년의 울릉도와 2005년의 울릉도 사이에는 분명한 시간과 속도의 편차가 존재하는 것 같다. 확실히 1997년보다 2005년의 울릉도가 뭍의 시간과 속도에 훨씬 가까워졌다. 뭍과 섬의 편차가 사라진다면, 섬에 가야 할 이유도 그만큼 줄어들 것이다. 🌱

울진 왕피천을 따라서

자연 그대로의
생태 천국 속으로

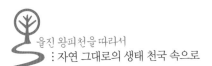

울진 왕피천을 따라서
: 자연 그대로의 생태 천국 속으로

내가 왕피천을 간다고 하자, 다들 왕피천이 어디냐고 묻는다. 왕피천은 울진에 있고, 영양군 수비면에서 발원해 왕피리를 구불구불 거쳐 성류굴을 지나 동해로 빠져나가는 총 연장 60킬로미터가 넘는 이 땅에서 가장 접근하기 어려운 은밀한 하천이다. 왕피천으로 접근하는 방법은 여러 길이다.

영양군 수비면에서 장수포천을 따라 상류에서 접근하는 방법.

울진 서면 삼근리에서 박달재를 넘어 왕피리로 들어가는 방법.

울진 근남면에서 성류굴 쪽 길을 따라 하류에서 올라가는 방법.

울진 원남면 매화리에서 대령산 비포장 길을 구불구불 넘어 왕피리로 들어가는 방법.

그러나 어떤 방법도 왕피천의 일부 구간만을 구경할 수밖에 없는 제한된 방법일 뿐, 대부분의 구간은 사람의 접근을 허락하지 않는 비밀의 구간으로 남아 있다.

왕피천은 이 땅에서 가장 접근하기 어려운 하천인 동시에
가장 청정한 하천이기도 하다.

왕의 피난처, 왕피리

이런 접근의 어려움은 오늘날까지 왕피천을 원시 그대로의 자연환경으로 남겨 놓았고, 환경 단체와 주민들의 노력이 보태져 2006년 국내에서 가장 큰 생태계 보전 지역으로 지정받게 되었다. 왕피천을 끼고 있는 왕피리는 울진에서 가장 궁벽한 곳으로 통한다. 10년 전만 해도 서면 삼근리에서 왕피리로 넘어가는 박달재는 포장이 안 된 원시림 속의 비포장 길이었다. 하지만 지금은 마을까지 시멘트 포장이 된 산복 도로가 이어져 있다. 옛날에는 왕피리가 워낙에 오지 중의 오지여서 사람들이 하나둘 떠나는 바람에 결국 빈 마을이 되고 말았다. 이곳에 다시 사람들이 몰려들기 시작한 것은 근래의 일이다. 생태 농업을 실천하는 생활공동체 한농복구회 사람들이 이곳으로 집단 이주를 시작하면서 왕피리는 이제 600가구가 넘게 사는 대규모 마을로 변모했다.

왕피리는 접근이 어려울지언정 골짜기 안은 제법 너른 터를 이루고 있어 옛날에도 한천·임광터·동수골·속사·시목·뱀밭·햇내·시리들 등 10여 곳이 넘는 자연 마을이 있었다. 본래 왕피리라는 이름은 왕이 피난을 왔던 곳이라고 해서 붙여진 이름이다. 고려 말 공민왕은 홍건적의 난을 피해 이곳 왕피리로 피난을 왔다고 한다. 왕피리 임광터가 바로 임금이 머물던 곳이고, 박달재를 품은 통고산도 공민왕이 통곡을 하며 넘었다고 해서 생겨난 이름이란다. 박달재를 넘어가 만나는 왕피리의 첫 마을은 거리골이다. 거리골 삼거리에서 오른쪽으로 가면 한천마을이고, 왼쪽으로 고개를 넘으면 속사마을을 지나 길이 끊긴다. 하천을 따라가 만나는 한천마을 위쪽으로는 사람의 접근을 허락하지 않는 약 6킬로미터의

:

왕피리에서 만난 도라지 밭. 꽃이 한창이다.

비밀스런 왕피천 상류 구간이 펼쳐진다. 물길을 따라 거슬러 오르면 영양군 수비면 수하리 오무마을과 닿아 있다.

왕피천은 드넓은 곤충의 천국이다. 모래밭의 풀 섶을 헤칠 때마다 수십 마리의 벼메뚜기 떼가 군무를 펼치며 날아간다. 방아깨비와 풀무치, 두꺼비메뚜기도 흔하다. 이따금 왕파리매와 꽃무지, 풍뎅이와 길앞잡이도 눈에 띈다. 잠자리도 메뚜기만큼이나 많다. 개중에는 날개 끝에 흑갈색 무늬가 선명한 깃동잠자리와, 크기가 작고 날개에 띠무늬가 있는 산좀잠자리, 몸이 푸른 밀잠자리, 흑갈색 날개에 몸은 녹청색을 띠는 물잠자리도 보인다. 하천에서 벗어난 산자락에는 노란 원추리와 참나리가 군락을 이루고 있다. 패랭이꽃, 부처꽃, 까치수영(까치수염이라고도 함), 금마타리, 메꽃, 노루오줌, 물레나물, 쥐오줌풀, 으아리를 비롯해 이름을 알 수 없는 많은 꽃들이 계곡에 가득하다.

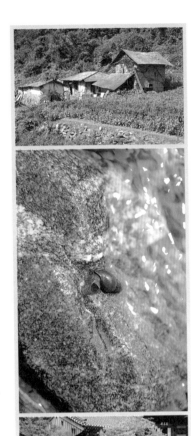

1 왕피리에 폐가로 남은 외딴 흙집 풍경.
2 하천가 바위에 붙어 있는 다슬기.
3 왕피리 인근 불영계곡을 따라 올라가면 불영사가 나온다.

매화마을로 넘어가는 은밀한 길

하천 물줄기에서 단절된 웅덩이들은 가는 곳마다 무당개구리의 은신처 노릇을 한다. 더러 두꺼비처럼 온몸이 오돌토돌한 옴개구리도 있다. 왕피천에는 갈겨니와 꺽지, 피라미, 송사리 등이 폭넓게 분포하며, 여름에는 은어, 봄에는 황어, 가을에는 연어가 산란을 위해 찾아오는 중요한 모천이자 생태 통로 노릇을 한다. 접근이 어려운 만큼 왕피천과 왕피천 일대 전체가 거대한 생태 천국을 이루고 있는 셈이다. 한천마을을 휘돌아나간 왕피천은 왕피리의 여러 마을을 가로질러 속사마을에서 다시 비밀의 구간을 지나 하류로 흘러내린다. 하류에는 2억 5000만 년의 신비를 간직한 성류굴이 있으며, 좀 더 아래쪽에는 국내 최초로 들어선 민물고기 전시관이 문을 열어 놓고 있다. 여기에는 연어와 은어, 황어, 갈겨니, 산천어, 쉬리, 납자루떼, 참종개, 꺽지 등 살아 있는 민물고기와 왕피천에서 채집한 대형 연어를 비롯한 민물고기 표본이 전시돼 있다.

사실 왕피리는 한농복구회 집단 시설로 인해 마을 구경은 별로 할 것이 없다. 왕피천을 따라 한천마을에서 속사마을까지 내려가며 하천과 풍경만 구경해도 충분하다. 나는 오전 9시쯤 왕피리에 들어와 오후 5시까지 왕피천을 떠돌았다. 차고 맑은 물에 탁족도 하고, 세수도 했다. 속사마을에서는 고향으로 천렵을 왔다는 사람들과 어울려 밥도 먹고, 수박도 먹었다. 문제는 떠날 때 일어났다. 박달재 공사를 위해 시멘트를 싣고 들어온 커다란 트럭이 길을 막고 꿈쩍도 하지 않는 것이었다. 바퀴가 길 밖으로 빠져서 움직일 수가 없다는 거였다. 삼근리로 나가는 길은 외길이다. 상황을 보아하니 한두 시간 안에 해결될 일이 아니었다. 어쩌면 밤새 트럭이 저러고 있을지도 모르는 일이었다.

삼근리로 가려고 늘어섰던 10여 대의 차량은 한 대 두 대 방향을 돌리고 있었다. 어디로 가는 것인가, 물어보니 본부마을에서 매화리로 넘어간다고 한다. 한농복구회 본부가 있는 본부마을이란 곳에서 울진 원남면 매화마을로 넘어가는 비포장 산길이 이럴 때는 비상로 노릇을 한다는 거였다. 하는 수 없이 나도 차를 돌렸다. 본부마을에서 산을 타고 넘어가는 40리가 넘는 비포장 길. 사실 넘으면서 나는 이리로 오기를 잘했다고, 만일 길이 막히지 않았다면 이 좋은 길을 못 넘을 뻔했다고, 아직도 이렇게 덜컹거리고 자갈이 튀고, 먼지가 나고 흙탕물이 고인 길이 이렇게 은밀하게 남아 있다고, 나는 신이 나서 달렸다. 고갯마루가 가까워지자 발아래 산비탈에는 금강송(황장목) 군락지가 천연하게 펼쳐졌다. 금세 날이 어두워져서 내가 40리 길을 다 넘어 매화리에 도착했을 때는 등 푸른 물고기 같은 하현이 바다 쪽에 걸려 있었다.

여행일기

이튿날 아침 불영사에 들렀다. 불영사가 들어앉은 산은 그 이름이 천축산이다. 인도의 천축산을 닮았다고 한다. 아홉 마리의 용이 살고 있었다는 불영사 연못에는 연꽃이 한창이다. 비가 와서 연잎마다 구슬 같은 빗방울이 굴러다닌다. 백련, 홍련, 노랑어리연꽃이 다 있다. 절집 아래로는 왕피천만큼이나 비경인 불영계곡이 비껴 흐른다. 물빛이 꼭 빙하수처럼 옥빛이 난다. 물도 빙하수처럼 차다.

영주 부석에서 의풍까지

사라지는
옛길을 따라

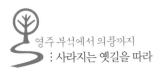

가을의 냄새는 낙엽과 흙이 버무려진 냄새로 기억된다. 고구마나 감자 덩이를 쑥 뽑아 올릴 때 코끝에 훅 끼쳐 오는 흙냄새. 밑둥치에 수북이 쌓인 낙엽을 들추어 낼 때의 그 냄새. 보다 좋은 냄새가 없는 건 아니다. 들판을 따라 펼쳐진 과수원에서는 사과 향기가 날리고, 길가에는 달맞이꽃, 벌개미취, 왕고들빼기에 칡꽃까지 향긋한 가을꽃 냄새가 난다. 가을꽃 냄새는 봄꽃처럼 알싸하고 자극적이지 않다. 은은하고 그윽하다. 논배미에서 누렇게 익은 벼이삭이 몰래 풍기는 잔자누룩한 냄새처럼. 풍기에서 부석사로 가는 길은 이 모든 냄새가 까스라운 가을 촉감에 더해지고 어우러져 눈앞이 삼삼한 길이다.

 길가에 서 있는 이정표는 화살표를 가리켜 내내 부석사 가는 길을 재촉한다. 저녁이 다 돼 도착한 부석사에는 이제 막 시작된 가을이 노을에 젖어 있다. 설명이 필요 없는 무량수전도 노을을 등지고 물러앉아 오렌지빛 구름을 머플러처럼 휘감은 장쾌한 산자락의 저녁을 본다. 일찍이 유

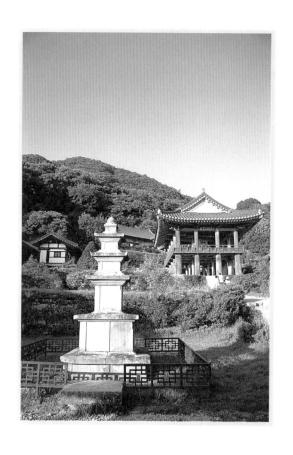

한여름 저녁 무렵의 부석사 풍경.

홍준 교수는 부석사를 일러 이 땅에서 가장 아름다운 절집으로 손꼽았다. 이는 무량수전이라는 빼어난 목조 건물에 힘입은 바 크지만, 여기에는 도솔천으로 올라가는 길목의 품계마다 들어선 듯한 절묘한 가람 배치와 무량수전 앞마당에서 바라다보는 첩첩이 쌓인 장쾌한 산자락 풍경도 한몫을 하고 있다.

무량수전에 이르기까지는 모두 아홉 단계의 돌 계단을 거쳐야 하는데, 이는 구천의 마지막 단계인 도솔천에 이르는 길을 상징한다. 가장 위쪽에 자리한 무량수전이 바로 극락세계인 도솔천이다. 그러므로 처음 산 아랫자락의 일주문을 지나 차츰차츰 경사진 길을 따라 천왕문, 범종각을 거쳐 드디어 산 중턱의 안양루와 무량수전에 이르는 단계는 고해의 세계에서 극락의 세계로 한 발 한 발 다가섬에 다름 아니다. 더욱 기막힌 사실은 천왕문에서 안양문에 이르기까지의 계단이 모두 108개로 이루어져 있다는 사실인데, 이는 백팔번뇌 끝에 이르게 될 도솔천을 상징한다.

마구령을 넘다

부석사에 들른 사람들은 대부분 무량수전을 보고 돌아가지만, 무량수전 뒤편으로 이어진 산길을 돌아가면 울창한 숲에 가려진 조사당을 만날 수 있다. 절집보다는 민가의 분위기가 물씬 난다. 조사당 밖에는 '선비화'로 불리는 골담초 한 그루를 볼 수 있는데, 이것이 옛날 의상대사가 짚고 다니던 지팡이가 자란 것이란다. 믿을 수도, 안 믿을 수도 없다. 부석사를 가슴에 품고 내려오면서 나는 한 가지 궁금증이 생겼다. 무량수

:
1 남대리와 의풍리의
중간쯤에 자리한 곳집(상여집).
2 김삿갓 유허지가 있는
영월 와석리의 와석계곡 풍경.
3 소백산 고치령길에서 만난 구절초.

전을 돌아가면 조사당이 있듯, 부석사를 품은 봉황산을 돌아가면 무엇이 있을까라는. 그래서 나는 봉황산을 넘어가 보기로 했다.

지도에는 봉황산을 넘어가면 남대리라는 작은 마을이 나오는 것으로 되어 있다. 가는 길은 구불구불 포장이 안 된 산길인 데다 한참을 울퉁불퉁, 덜컹거리며 가야 한다. 여기가 말로만 듣던 마구령이다. 길은 너그러웠다. 야박하게 통행료도 받지 않고, 신호등으로 통행을 가로막지도 않았으니. 무엇보다 차량이 거의 없다는 점이 마음에 들었다. 8부 능선쯤에 이르자 발아래로 가을이 막 시작된 풍기 들녘이 한눈에 내려다보인다. 가는 길은 내내 가을 꽃밭이어서 구절초, 개미취, 물봉선, 달맞이꽃, 금마타리, 패랭이꽃이 흐드러졌다. 휘휘 산을 하나 다 넘어가면 이제 남대리다. 남대리가 가까워질수록 감춰진 산중 계곡이 차고 맑은 물줄기를 가만가만 의풍 쪽으로 흘려보낸다. 길가의 밤나무는 이것 좀 가져가라고 툭툭 알밤을 떨군다. 그래도 가져가는 이가 없다. 이럴 때는 슬쩍 주인 없는 알밤을 주머니 불룩하게 서리해도 괜찮은 법이다.

옛날 영주 땅 순흥으로 귀양을 온 금성대군은 이 깊은 산중 마을에서 몇몇 뜻있는 사람들과 단종 복위를 위한 밀사를 모의했다고 한다. 그러나 뜻을 이루지 못해 이곳의 백성들은 남대궐이란 정자를 지어 안타까운 마음을 달랬다고 하는데, 남대리란 땅 이름이 거기서 왔다고 한다. 기껏해야 열 가구가 조금 넘는 마을. 마을의 집들은 올망졸망 한데 모여 앞으로는 계곡, 뒤로는 야트막한 산을 본다. 사람들은 고추 밭에서 허리를 굽혀 고추를 따거나 깨 밭에서 투덕투덕 깻단을 두들긴다. 그 바람에 마을은 텅텅 비었다. 마을에서 뚝 떨어져 나와 독가를 이룬 집들도 대부분 텅 빈 집으로 남았다. 기울어 가는 빈집들. 기울어 가는 농촌. 기울어 가는 고향. 오래 전 담뱃잎을 걸어 말리던 건조실도 한쪽 흙벽을 허물어뜨리고 쓸쓸한 속내를 내보이고 있다.

남대리에 와도 아무것도 없군요. 누군가 그리 말한다면 나는 말할 것이다. "구불구불 산 하나를 넘었으니, 이제 그 구불구불한 길이 마음에 들어앉을 거요." 그렇다. 마구령을 넘은 것으로 충분하다. 충분하지 않다면 좀 더 길을 따라 의풍리로 넘어갈 일이다. 고개 하나를 사이에 두고 이쪽은 남대리, 저쪽은 의풍리(용담)다. 이쪽은 영주, 저쪽은 단양이다. 남대리와 의풍리 사이에는 상여를 보관하는 곳집이 길 윗자락에 자리해 있는데, 가는 날이 장날이라 상여집 앞에 서 있던 오래된 소나무는 내가 보는 앞에서 순식간에 베어져 토막이 났다. 왜 상여집 앞의 신성한 나무를 베어 내느냐고 내가 묻자, 일꾼으로 나온 이는 이곳에 포장도로를 내려고 길옆에 큰 나무들을 다 베어 내고 있는 중이라고 대답했다. 얼마 가지 않아 이곳의 아름다운 길도 끝장이 난다는 얘기다. 실제로 좀 더 길을 가다

보니 포클레인이 여기저기 산자락을 헐고 길을 넓히고 있었다.

두메 마을 의풍리의 봄

남대리와 달리 용담마을의 집들은 한데 모여 있지 않고, 뚝뚝 떨어져 있다. 떨어진 집들은 고추 밭, 수수 밭이 앞마당이다. 옥수수 밭 앞마당에 나온 조병옥 할아버지(75)는 때늦은 옥수수 걷이를 하고 있다. 대궁을 베어 내고도 땅에 남은 옥수수를 허리 굽혀 줍고 있다. "여기서는 이래 강내이 이런 거나 좀 하구, 그래 살지 뭐." 여기서는 다들 그렇게 산다. 옥수수를 거두고, 깨를 털고, 수수를 거두면서. 용담마을의 가을은 메밀꽃으로 자욱하다. 여기도 메밀 밭, 저기도 메밀 밭이다. 봄에는 이 메밀 밭이 노란 꽃다지 천지가 된다. 의풍으로 내려가는 길가에는 조팝나무꽃, 돌배나무꽃, 복사꽃, 산벚꽃이 그야말로 '꽃피는 산골'을 이루어 낸다. 초록은 동색이라 했지만, 봄 산의 빛깔은 자세히 보면 같은 초록이 없다. 방금 잎을 내민 나무는 연두색이고, 좀 더 일찍 잎을 틔운 나무는 초록이며, 겨우내 푸르렀던 소나무나 전나무는 진초록 빛깔을 띠어 봄 산은 그 자체로 덩치 큰 녹색 계열의 스펙트럼이다.

용담마을을 지나 만나는 의풍리는 산중치고는 제법 큰 마을이다. 여기서 북쪽으로 길을 잡아 가면 김삿갓 유허지인 영월 와석리고, 서쪽으로 한참 가면 단양 온달동굴로 이어진다. 그리고 다시 남쪽으로 소백산 고치령을 넘어가면 소수서원이 나온다. 소백산을 넘어가는 고치령도 지루한 비포장 길이다. 나는 이 길을 초가을에 넘었고, 봄에는 반대편인 와석

의풍분교 아이들이 벚꽃이 활짝 핀 운동장을 지나고 있다.

리를 거쳐 의풍으로 들어왔다. 의풍에서 갈라지는 고치령과 마구령은 둘 다 우리 땅에서 얼마 남지 않은 운치 있는 비포장 산길이다. 그런 산길에 포장 공사가 진행 중인 것이 가슴 아프지만, 이곳 주민들은 하루빨리 포장이 되었으면 하는 눈치다. 나와 같은 구경꾼과 여기에 사는 토박이의 생각은 그렇게 엇갈렸다. 아무래도 나는 불편한 비포장 산길의 당사자는 아닌 것이다.

한 번 더 봄에 찾아온 의풍리는 산벚꽃이 만개해 있었다. 의풍분교에서 만난 아이들은 때마침 점심시간을 맞아 벚꽃이 흐드러지게 핀 운동장에서 놀고 있었다. 산골 마을에 따로 오락실이며 PC방이 있을 리 없으니, 아이들은 여자 남자 가릴 것 없이 공을 차거나 인라인 스케이트를 타며 놀았다. 선생님까지 다 어울려 봐야 열 명도 되지 않는 산골의 분교 풍경은 외로워서 더욱 평화로웠다. 나는 학교 운동장에 차를 세워 놓고, 바람이 불 때마다 눈처럼 날리는 벚꽃과 복사꽃 꽃비를 오래오래 구경하였다. 만약에 내가 다시 의풍에 오게 된다면, 잘 뻗은 포장도로를 따라 너무 편하게, 너무 손쉽게 이곳에 도착하게 될 것이다. 그렇다면 내가 다시 의풍에 와야 할 이유가 있는 것일까.

여행일기

소백산은 산세가 그리 험하지 않은 산이다. 강원도의 산처럼 급격히 솟아올라 위압감을 주기보다는 마치 물 흐르듯 완만한 산자락을 들판으로 흘려보낸다. 하지만 제법 덩치가 큰 산이어서 부석사, 성혈사, 구인사, 초암사, 희방사, 화암사 같은 이름난 절을 두루 거느리고 있다. 많은 사람들이 소백산은 못 가 봤고, 죽령은 가 봤다고 하는데, 죽령이 바로 소백산 허리께쯤이다. 아흔아홉 굽이로 통하는 죽령 고개는 과거 문경새재, 추풍령과 더불어 영남의 3대 관문으로 통했다. 그 옛날 소수서원에 머물던 영주의 선비들은 이 고개를 넘어 과거를 보러 갔다. 『삼국사기』와 『동국여지승람』에 따르면, 이 죽령길은 아달라왕 5년 때인 158년에 처음 열렸으며, '죽죽'이라는 사람이 이 길을 개척하고 지쳐 죽었다고 씌어 있다. 아마도 죽령이란 이름은 거기에서 비롯된 듯하다. 아무튼 길 열림이 역사책에 전하는 고개는 오직 죽령뿐이며, 삼국시대 때는 전략적 요충지인 이 고개를 차지하기 위해 삼국의 군사가 서로 뒤엉켜 치열한 격전을 벌이기도 했다.

한동안 이 고개의 주인은 고구려였고, 신라는 진흥왕 때인 551년 거칠부를 내세워 죽령을 차지했다. 그러나 다시 영양왕 때인 590년 고구려의 온달 장군이 죽령을 공격하였다. 이와 같은 죽령 쟁탈전은 후삼국 시대까지 이어져 견훤과 왕건이 영주와 문경 땅을 두고 치열한 싸움을 벌였다. 예부터 과거를 보러 가던 선비와 물건을 지고 가던 장사꾼들로 붐비던 이곳에는 1910년대까지도 고갯길 곳곳에 주막과 마방이 목목이 늘어서 있었다고 한다. 최근까지도 이 죽령길은 단양과 풍기를 잇는 유일한 길이었지만, 중앙고속도로의 개통으로 죽령의 구구절절한 소임은 끝이 나고 말았다.

달성 양지한뎀 가는 길

외딴 두메 마을의
초가 한 채

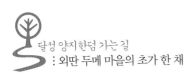

달성 양지한뎀 가는 길
: 외딴 두메 마을의 초가 한 채

프로스트의 〈가지 않은 길〉처럼 가지 않은 길은 늘 의문 속에 신비로 남아 있다. 가지 않았기 때문이다. 여행이란 수없이 많은 선택의 기로와 맞닥뜨리는 일이다. 어떤 길을 택하느냐에 따라 여행은 사뭇 달라지게 마련이다. 그러나 설령 길을 잘못 들어 엉뚱한 곳으로 빠진다고 해도 여행은 인생처럼 치명적이지는 않다. 더러 길을 잘못 들어 늦어질 수도, 돌아갈 수도, 전혀 다른 곳으로 빠질 수도 있는 게 여행이다. 얼마든지 그럴 수 있는 게 여행이고, 그것 자체가 여행의 일부분이다. 인생의 선택권은 제한적이지만, 여행의 선택권은 무한하다. 어떤 길을 택하든, 먼저 가든, 나중에 가든 미련과 아쉬움은 언제나 남는 법이다. 남이 가지 않은 길을 간다고 꼭 좋다고 할 수 없으며, 남이 가는 길을 따라간다고 꼭 나쁘다고 할 수도 없다.

다만 여행이라는 것은 아무것도 확실한 것이 없다는 사실만큼은 확실한 사실이다. 그것은 때로 어느 정도의 두려움과 실수와 무모함을 동반

152

하는 일이다. 때때로 며칠 전부터 머리를 굴려 짜 놓은 스케줄이 엉망이 되어 버린다고 해서 통탄할 필요가 없다. 뜻대로 되는 여행은 없다. 어차 피 길이 엇갈릴 뿐이지, 운명이 엇갈리는 것은 아니므로 여행에서의 기 로와 망설임을 되레 행복한 고민으로 받아들여야 한다. 지금 이 순간 당 신이 서 있는 곳에 당신은 두 번 다시 서지 못할 수도 있다. 그러므로 여 행은 평생처럼 순간을 사는 일이다. 짧지만 눈부신 순간을.

남이 가지 않은 길

여행에 관한 한 나는 이제껏 남이 가지 않은 길을 가고자 했다. 관광지 보다 오지와 낙도를 떠돌았고, 명승지보다 시골길이나 산중의 외로운 풍 경에 심취했다. 그렇게 하지 않을 수도 있었지만, 그렇게 했다. 10년 넘 게 그렇게 떠돌았다. 남이 가지 않은 길로 다니는 것은 더 많은 물리적 시 간과 정신적 소비를 필요로 하는 일이지만, 거기서 만난 흔치 않은 것들 과 낯선 풍경을 본 것만으로 그것의 보상은 충분했다. 때때로 감동과 여 운이 넘쳐 한 번 갔던 곳을 다시 찾기도 했다. 여긴 지난번에 와 봤으니까 됐어, 라고 누군가는 말한다. 하지만 그때의 여기와 지금의 여기는 엄연 히 다르다. 아침과 저녁의 여기가 다르고, 낙엽 질 때의 여기와 꽃이 필 때의 여기가 다르다. 그러므로 여행은 언젠가 지나친 곳을 지나칠 때조 차 언제나 새롭다.

처음부터 내가 여행에 환장한 것은 아니다. 직장을 때려치우고 어디론 가 떠나서 길을 찾아 헤매고, 떠돌고, 때때로 털썩 주저앉아 하염없이 강물 소리를 듣다 보니, 여행이란 것이 조금씩 내 안으로 들어와 영역을 넓혀 가기 시작했다. 나는 조금씩 더 먼 곳으로 떠났으며, 더 외롭고 낯선 곳으로 나를 데려갔다. 나는 점차 가지 않은 곳을 여행할 때의 그 미묘한 떨림과 경이로운 반응들에 중독되기 시작했고, 이제는 언제라도 그곳으로 떠날 준비가 되어 있다. 어떤 때는 자정에 갑자기 짐을 꾸려 목포까지 갔으며, 어떤 때는 눈이 온다는 소식에 무작정 강원도로 차를 몰았다. 물론 예정에 없던 일이고, 전혀 계획하지 않았던 일정이다. 종종 이런 예정에 없는 여행이 나를 더 흥분시킨다.

당신은 여행이 호구지책이니 얼마나 행복합니까, 라고 누군가는 말한다. 하지만 이제껏 여행이 나를 먹여 살리진 못했다. 무슨 무슨 책을 내고, 짤막한 여행 기사를 실어 번 돈은 고스란히 길에 뿌려졌다. 그러므로 나는 여행가일 수 없으며, 여행자일 뿐이다. 그렇다고 인생의 갈림길에서 내가 택한 이 길을 나는 후회하지 않는다. 후회한다고 해도 이미 늦었다. 먼 훗날 나는 가지 않은 길을 앞에 두고 프로스트처럼 중얼거릴지도 모른다.

(……)
숲 속에 두 갈래 길이 있었다고
나는 사람이 적게 간 길을 택하였다고
그리고 그 때문에 모든 것이 달라졌다고.

길 위에서 나는 정처 없었다. 우연히 들어선 길을 따라가다 낭패한 적

정대리 양지한덤 가는 길의 당산 나무가 있는 동구.

이 숱하게 많다. 그러나 무작정 들어선 길에서 뜻하지 않게 감동한 경험
도 적지 않다. 달성군 가창면 정대리 양지한덤이 그런 경우다. 대구 인근
가창댐을 따라가다 우연히 발견한 정대리 표지판을 보고 길을 접어든 것
이 양지한덤까지 오르게 되었다. 정대리에서도 양지한덤까지 오르는 길
은 지프차도 헐떡거리는 가파른 산길이다. 한참을 올라서면 금줄을 친
커다란 느티나무를 만나게 되는데, 이것이 양지한덤 서낭당이다. 성황
나무가 서 있다는 것은 여기서 마을이 멀지 않다는 얘기다.

산중에 숨어 있는 마을

때는 가을이어서 가파른 산길에는 가랑잎이며 낙엽이 수북하다. 길가
의 감나무에는 이제 막 홍시가 열어서 입맛을 다시게 한다. 해발 800미
터. 그야말로 양지한덤은 마을이 있을 것 같지 않은 곳에 숨어 있는 마을
이다. 고작해야 마을은 다섯 가구가 전부이고, 터도 그리 넓지 않은 편이
지만, 마을은 더없이 평온해 보인다. 어떤 이는 양지마을이라고 하고, 어
떤 이는 한덤마을이라고도 하지만, 마을 사람들은 양지한덤이라고 한다.
어떤 마을 사람에 따르면 이곳에서는 산봉우리 사이로 해가 솟았다가 금
세 쏙 내려가고 마는 곳이라고 해서 양지한덤이란다. 실제로 양지한덤
에서는 주변의 치솟은 봉우리에 해가 가려서 볕 드는 시간이 그리 많지
않다. 양지한덤 아래에는 해가 이마저도 들지 않아 음지한덤이라 불리는
마을도 있다. 어떤 이는 마을 뒷산에 커다란 바위가 있어 '한덤'이라고
한다는 이야기도 있다.

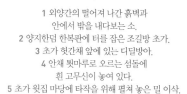

⋮

1 외양간의 떨어져 나간 흙벽과
안에서 밖을 내다보는 소.
2 양지한덤 한복판에 터를 잡은 조길방 초가.
3 초가 헛간채 앞에 있는 디딜방아.
4 안채 툇마루로 오르는 섬돌에
흰 고무신이 놓여 있다.
5 초가 윗집 마당에 타작을 위해 펼쳐 놓은 밀 이삭.

157

두메 마을인 양지한덤에는 두메 마을치고는 규모가 제법 큰 초가가 자리해 있다. 조길방 초가(중요민속자료 제200호)로 이름 붙은 이 초가에는 현재 조씨의 후손인 젊은 조대희 씨가 오면가면 살고 있다. 230여 년 전 함안 조씨가 난리를 피해 이곳으로 들어와 지은 초가라고 하는데, 아직까지 너무나 번듯하다. 집의 생김은 안채와 사랑채, 아래채, 세 채의 건물이 ㄷ자로 배치되어 있으며, 기단을 높인 안채를 중심으로 마당 좌우에 아래채와 사랑채가 마주보고 있다. 이 집은 보기 드물게 거목으로 자란 싸리나무를 잘라 집 기둥을 삼았다고 전해 온다. 그러나 항간에는 싸리나무가 기둥으로 쓸 만큼 자랄 수가 없으니, 이는 그냥 전하는 이야기일 뿐이라는 견해도 있다.

옛집에서는 더러 눈꼽째기창이라는 것을 볼 수 있다. 출입보다는 채광과 통풍을 염두에 두고 만든 창으로서 안에서 바깥의 동정을 살피도록 만든 것이 눈꼽째기창이다. 양지한덤의 초가 안방 벽에 바로 이 눈꼽째기창이 있다. 아주 작은 창이어서 앙증맞기까지 하다. 부엌에는 마당이 보이는 쪽을 향해 살창을 내놓았다. 살창이란 창호지를 바르지 않고 나무 살대만으로 칸을 나눈 창을 말하는데, 옛집에는 주로 부엌이나 헛간에 이런 살창을 두었다. 이 또한 통풍과 더불어 밖을 내다볼 수 있도록 한 것이다. 안채에서 마당을 건너 아래채를 지나면 바깥에 그냥 둔 디딜방아도 볼 수 있다. 옛날부터 써 오던 디딜방아이고, 아직도 멀쩡하지만 최근에 사용한 흔적은 찾아볼 수 없다.

⋮

정대리 인근의 가창댐 호숫가에서 만난 거미줄이 아침 이슬을 매달고 있다.

초가 뒤편으로는 감나무가 주렁주렁 감을 매달고 둘러서 있다. 어떤 집에서는 요즘 보기 드문 밀 타작을 하느라 좁은 마당이 밀 이삭 천지이고, 어떤 집에서는 소에게 먹일 쇠죽을 쑤느라 아궁이 연기가 뽀얗게 피어오른다. 개 짖는 소리에 놀라 꿩은 꿩꿩거리며 날아가고, 주인을 알 수 없는 닭들은 고샅을 질러 계곡으로 내려간다. 마을의 몇몇 집은 빈집으로 남아서 속을 훤히 드러내고 있다. 마루와 마당에 세간이 아직 널려 있어 사람 사는 집 같은 어떤 집도 막상 들여다보면 텅 비었다. 하긴 과거에는 이 마을에 10여 가구 이상이 살았다고 하니, 절반 넘게 마을을 떠난 셈이다. 요즘의 두메 마을 신세가 다 이렇다.

여행일기

나는 집에 있다는 것에 절망을 느꼈다. 나의 삶을 보내야 할 곳 가운데 지구상에서 이보다 나쁜 곳은 찾아보기 힘들 것 같았다.

(—알랭 드 보통 『여행의 기술』 중에서)

나도 가끔 그런 생각을 했다. 머물고 있을 때는 늘 떠나고 싶은 생각이 간절했다. 성 아우구스티누스도 이런 말을 했다.

세상은 한 권의 책이다. 여행하지 않는 자는 그 책의 한 페이지만을 읽었을 뿐이다.

(—잭 캔필드(외) 『행복한 여행자』 중에서)

경주 양동마을에서 독락당으로

오랜 옛날로의
시간 여행

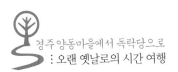

경주 양동마을에서 독락당으로
: 오랜 옛날로의 시간 여행

천 년 고도 경주로부터 비스듬히 흘러온 형산강을 뒤로하고, 활처럼 휘어진 길이 너른 골짜기로 이어져 있다. 청량감이 감도는 공기. 벼 이삭이 누렇게 익기 시작한 논배미 위로 가을 햇살이 잘게 부서져 내린다. 그 길을 따라가면 옛 빛 그득한 기와집과 이엉 마름을 해 얹은 초가를 품에 안은 아늑한 마을이 나타난다. 양동마을이다. 우묵한 골짜기에 산자락(설창산)마다 층층이 집이 들어선 모양은 멀리서 보면 마치 조선시대의 양반촌을 그대로 옮겨 놓은 영화 세트장 같다. 이곳의 주봉인 설창산 줄기는 마치 말 물(勿) 자처럼 뻗어 있는데, 지관들은 이것이 명당의 풍수 형국이란다.

양동마을의 대표적인 건물은 마을 어귀 산자락에 나란히 자리한 향단(보물 제412호)과 관가정(보물 제442호)이다. 향단은 조선시대 성리학자인 회재 이언적(1491~1553)이 경상감사 부임 시절에 지은 건물로, 원래는 99칸짜리 집이었으나, 현재는 57칸만이 남아 있다. 설창산의 두 능선을

162

각각 차지한 무첨당(보물 제411호, 여강 이씨 종가)과 서백당(중요민속자료 제23호, 월성 손씨 종가)도 양동마을이 내세우는 대표적인 종가 댁이다. 무첨당에서는 짚으로 비가림, 해가림을 해 놓은 상청 꾸밈을 볼 수가 있다. 상청은 조상의 위패를 모신 대청을 말하며, 상청 꾸밈은 바로 성역의 표시와도 같은 것이다. 서백당에는 뒤란에 따로 초가지붕을 한 디딜방앗간이 아직 남아 있으며, 그 앞에는 맷돌과 풀매로 주위를 두른 운치 있는 장독대가 자리해 있다. 향단과 무첨당이 여강 이씨네를 대표하는 건물이라면, 관가정과 서백당은 마을의 또 다른 성씨인 월성 손씨네를 대표하는 건물이다. 지금도 양동마을은 이 두 성씨의 집성촌을 유지하고 있다.

마을 뒷산 외딴 초가 한 채

이언적은 외가인 손씨 종가에서 출생하였는데, 그가 태어난 집은 마을에서도 최고의 명당자리라고 한다. 지관은 이곳에서 세 명의 현인이 날 것이라 예언했는데, 그 중 한 명이 회재 이언적이고, 다른 한 명이 손소의 아들 손중돈이었다. 이언적은 조선 초 성리학자로서 지금까지도 문중에서 여강 이씨의 수호신처럼 받들어지고 있으며, 회재의 외삼촌인 손중돈은 이조와 예조 판서를 지내면서도 청렴하게 일생을 보낸 것으로 알려져 있다. 지관이 예언한 세 번째 인물은 아직 태어나지 않은 셈인데, 곧 태어날 마지막 인물을 다른 문중에 빼앗기지 않기 위해 양동마을에서는 출가한 딸일지라도 친정에서 출산하지 못하게 하는 관습을 지켜 가고 있다.

또한 두 문중에서는 지금까지도 정신적 지주인 손중돈와 이언적을 비롯한 '조상 숭배'에 대한 예를 게을리 하지 않는다. 이씨 문중의 경우 매년 봄과 가을에 이언적의 위패를 모신 옥산서원에서 전국의 유림들이 모여 향사享祀를 지낸다. "향사를 칠 때, 생고기를 올리거든. 돼지도 날거라. 오곡인 쌀·보리·밀·조·팥도 날거로 올리는데, 혈식군자라 하여 현인은 피를 먹는다는 말이 있는기라." 회재 선생의 14대손 이원식 씨의 말이다. "낙안읍성이 상인 마을이라카믄, 하회마을은 벼슬아치 마을이고, 양동은 학자 마을이거든. 지끔도 학자 마을로 명맥을 이어 가는데, 여기 출신 교수만 해도 90명은 될 끼라." 이원식 씨에 따르면 양동에 있는 150여 가옥(초가 60여 채)의 대부분이 문화재라고 한다.

그러나 정작 양동에서 내 눈길을 사로잡은 것은 그 많은 문화재 건물도 아닌, 마을 뒷산에 홀로 떨어진 정순이 할머니(86) 댁의 초가집이다. 할머니 댁은 본채와 헛간채는 물론 뒷간까지 모두 집줄을 얽어맨 초가 이엉을 얹어 놓았다. 본채는 말 그대로 세 칸짜리 초가 삼간이고, 마루조차 내지 않은 집이지만 둥그스름한 지붕이 주변의 산자락 모양과 너무나 잘 어울리는 그런 집이다. 대문이 따로 없는

1 옛 손중돈의 집인 관가정.
월성 손씨를 대표하는 건물이다.
2 월성 손씨 종가인 서백당 뒤란의
초가로 된 디딜방앗간.
3 서백당 디딜방앗간 앞에 있는 장독대.

⋮

짚으로 비가림, 해가림을 해 놓은 무첨당의 상청 꾸밈.
상청은 조상의 위패를 모신 대청을 말하며, 명절이나 제사 때 성역인 이곳에서 제를 올린다.

집의 들머리는 뒷간이고, 마당과 뒷간 앞으로 나무 울타리를 낮게 친 텃밭이 자리해 있다. 텃밭에는 배추와 무를 비롯해 갖은 채소를 심어 놓았다. 할머니는 이 초가집에서 텃밭을 일구며 혼자 산다. "이기 시집오기 전부터 초가집인기라. 이기 뭔 구경이라고 행펜없는 것이고마." 할머니는 마침 잘 왔다며, 온 김에 텃밭에 물 좀 주고 가란다. 나는 헛간에서 호스를 끌어다 수도에 연결하고 메마른 텃밭에 골고루 물을 뿌려 주었다. 내가 물을 뿌리는 동안 할머니는 안심이 안 되었는지 울타리 밖에서 이 고랑, 저 고랑을 손가락으로 가리켰다.

자연에 묻힌 독락당 계정

사실 양동마을을 한 바퀴 둘러보려면 반나절은 족히 걸리지만, 나는 대부분의 시간을 정순이 할머니 댁에서 보냈다. 다른 집들은 멀찍이서 구경만 하거나 그냥 지나쳤다. 나에게는 더 크고 잘 지은 집 같은 건 의미가 없었다. 다만 낡고 오래된 뒷간이 보이거나 세간이 걸린 것에는 자연스럽게 눈이 갔다. 가령 낙선당(중요민속자료 제73호) 아래 용마루가 멋지게 흘러내린 초가 뒷간이라든가 이동기 가옥(중요민속자료 제76호) 뒤란의 원추형 초가 뒷간 같은 것에는 나도 모르게 발길이 멈추었다. 마을 위쪽 길가에 자리한 초가 마당의 닭장도 눈에 띄었다. 이 닭장은 나무판자로 벽체를 꾸미고, 가운데 닭이 드나드는 문을 내었으며, 위에는 짚 이엉에 용마루까지 얹어 한껏 초가지붕 흉내를 내었다. 기껏해야 닭 여남은 마리도 들어가지 못할 작은 닭장이지만, 세상 어디에도 없는 아름다운 닭

⋮

양동마을 뒷산을 넘어가 만난 외딴 초가의
정순이 할머니가 지팡이를 짚은 채 집으로 돌아오고 있다.

장인 것이다.

양동마을에 온 이상 독락당을 그냥 지나칠 수는 없다. 독락당(보물 제413호)은 옥산서원이 있는 안강읍 옥산리에 자리해 있는데, 회재 이언적이 낙향해 지었다고 한다. 독락당은 옥산리 기와집의 사랑채에 붙은 이름이다. 독락당은 안채에서 별채처럼 뚝 떨어져 계곡(자계천) 쪽으로 나앉았다. 독락당의 운치는 담장에서 두드러진다. 담의 일부를 힐어 내고 그 자리에 커다란 살대를 몇 개 꽂아 살창을 만들어 놓은 것이다. 살창을 통해 냇물의 풍경을 보고, 물소리를 들으려는 의도가 잘 드러나는 구석이다. 자연을 밀어 내지 않고 자연과 어우러지려는 집의 꾸밈은 독락당 옆의 계정溪亭에서 더욱 두드러진다.

계정은 시냇가에 있는 너럭바위(觀魚臺)를 해치지 않고 그대로 기단과 주춧돌로 삼았다. 앞으로 펼쳐진 계곡과 산자락이 크지 않으니 계정의 마루와 방도 그리 크지 않다. 바위 모양을 거스르지 않고 세운 기둥과 너럭바위의 크기를 벗어나지 않는 건물의 규모에 계정의 참모습이 깃들어 있다. 돌과 흙으로 쌓아 올린 밑벽은 질박하기 그지없다. 이 밑벽에 군불을 때는 흙아궁이가 나 있고, 그 약간 위쪽에는 굴뚝 대신 내놓은 가랫굴(연기 통로인 개자리를 기단에 내놓은 굴뚝)이 구멍을 드러내고 있다. 사실 계정의 아름다움은 개울 건너편에서 보아야 제격이다. 계곡의 물속에 또하나의 계정이 잠겨 있는 풍경. 만일 계정의 지붕이 조금 더 높았다면 계곡의 물은 계정의 모습을 다 담아내지 못했을 것이지만, 맞춤하게도 계정은 계곡에 딱 들어앉을 만큼의 높이로 저렇게 너럭바위에서 물속을 들여다보고 있다.

양동마을에서 태어난 이언적이 낙향해 지은 독락당의 계정.

여행일기

　지난 10년간 나는 서민 옛집을 찾아 떠돌았다. 처음에는 '오지 마을'을 다니면서 필연적으로 너와집이나 굴피집을 만나게 되었고, 외면받는 서민 옛집에 대한 동정심이 차츰 애정으로 진전되어 갔다. 그것은 『옛집기행』이라는 책으로 묶여져 나왔으며, 많이 팔리지 않았지만, 이 땅에 흩어진 서민 옛집 보고서를 작성해 보려는 소기의 목적을 이루었으므로 지난 10년간 길에다 버린 시간이 아깝지가 않다. 그동안 내 여행의 주제는 주제넘게도 '사라져 가는 것들, 오지 마을, 옛집, 섬 문화'였다. 하지만 그것은 내가 감당하기에 너무 무겁고 단단한 것이었다. 이제 나에게는 좀 더 가볍고 헐거운 여행이 필요하다. 때때로 주제 없이 막 가는 여행 같은 것.

창녕 우포에서 교동까지

생명의 늪과
죽음의 언덕

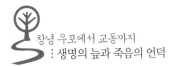

창녕 우포에서 교동까지
: 생명의 늪과 죽음의 언덕

새벽 우포늪에 안개가 자욱하다. 늪가의 미루나무는 바람이 불 때마다 찰랑찰랑한 나뭇잎을 은전처럼 흔든다. 늪을 따라 난 에움길에는 온갖 날것들의 싱싱한 소리로 넘쳐 난다. 새들은 쩍쩍, 꼬꼬거리고, 개구리는 갹갹거린다. 풀 섶에서 흘러나오는 이름 모를 갖은 풀벌레 소리에 귀가 따갑다. 늪을 뒤덮은 안개가 스멀스멀 건너편 산자락을 넘을 때쯤 구름 너머로 반짝 해가 뜬다. 생이가래, 물옥잠, 개구리밥, 창포, 마름, 자라풀. 온통 초록빛 수생식물로 뒤덮인 우포늪이 그 시원의 모습을 이제 막 햇살에 드러낸다. 이때쯤 늪가 마을의 어부들은 삿대로 쪽배를 밀어 그물을 걷으러 나간다. 어부들은 이 늪에서 붕어와 메기도 잡고, 재수가 좋으면 잉어와 가물치도 잡는다.

때때로 아낙들도 배를 타고 나가 인적이 드문 곳에 배를 대고 늪 바닥을 훑어 살진 논우렁을 건져 올린다. 논우렁이 한창인 여름철이면 한 사람이 수십 킬로그램씩 잡아 돌아올 때도 있다. 여기서 잡은 논우렁은 술

안줏감으로 장에 낸다. 모든 날것들의 생명 마당인 우포늪은 이렇게 사람에게도 소중한 삶의 터전이 되고 있는 것이다. 나는 그 시원始原의 생명 마당을 천천히 걸어 눈 속에 그득 날것들의 몸짓과 표정과 빛깔을 차곡차곡 담는다. 이 시원의 풍경은 이미 공룡이 살았던 쥐라기 시대(1억 4000만 년 전)에 생겨나 오랜 세월과 풍상을 견딘 눈물겨운 풍경이다.

소벌, 나무벌, 모래벌, 쪽지벌

예부터 창녕은 '메기가 하품만 해도 물이 넘친다'는 고을이다. 여기에 우포늪을 비롯해 여러 늪지가 자리해 있고, 장마나 집중호우가 내리면 낙동강 하류가 지천을 통해 저지대인 이곳으로 흘러든다. 이렇게 저지대로 흘러든 물은 밖으로 나가지 못해 늪을 형성했고, 이것이 오늘날 볼 수 있는 우포늪이 된 것이다. 우포늪은 알려져 있듯 우리나라에서 가장 큰 습지로 전체 면적이 70만 평에 이르며, 창녕군 유어면과 이방면, 대합면 등 3개 면, 14개 마을에 걸쳐 있는 원시의 늪이다. 흔히 우리가 말하는 우포늪은 사실 우포, 목포, 사지포, 쪽지벌 등 네 개의 늪으로 이루어져 있다. 그 중 우포는 유어면 대대리와 세진리에 걸쳐 있고, 목포는 이방면 안리, 쪽지벌은 이방면 옥천리, 사지포는 대합면 주매리에 걸쳐 있다. 우포를 중심으로 쪽지벌과 목포, 사지포가 시계 방향으로 자리해 있는 것이다. 우포와 목포, 우포와 사지포 사이에는 현재 침수 방지용 제방을 쌓아 놓았으며, 쪽지벌은 목포에 잇닿아 있다.

우포의 본래 이름은 소벌이다. 지형상 소의 목에 해당한다는 우항산을

수생식물과 늪지식물, 원시적인 생태계가 제대로 남아 있는 우포늪 풍경.

끼고 있어 붙은 이름이다. 목포는 나무벌이라 불렀는데, 과거 이곳에 소나무가 많았다고 한다. 사지포는 모래가 많은 벌이라 하여 모래벌이라 불렀으며, 쪽지벌은 다른 세 늪에 비해 크기가 작다고 붙은 이름이다. 이 이름들을 일제 때 한자로 바꾸면서 지금과 같은 지명이 생겨났다. 그러므로 현재 우포와 목포, 사지포는 본래의 이름인 소벌, 나무벌, 모래벌로 바꾸는 게 옳다. 일제는 이름만 바꾼 것이 아니다. 당시(1930년대) 대대리에 제방을 쌓으면서 본래의 우포는 전체 면적 가운데 3분의 1이나 줄어들고 말았다. 우포늪의 운명은 1970년대 들어 또 한 번 수난을 겪게 되는데, 나라에서는 우포를 천연기념물에서 제외하고 우포늪 주변의 크고 작은 늪들을 농경지로 개간하기 시작한 것이다. 다행히 오늘날 우포는 환경 단체의 보전 노력에 힘입어 1997년 생태계 보전 지역으로 지정되었고, 이어 1998년에는 람사협약에 의해 보존 습지로 인정받게 되었다.

우포늪의 가치는 무엇보다도 원시적인 생태계를 잘 간직하고 있다는 것이다. 여기에는 가시연, 생이가래, 물옥잠, 자라풀을 비롯한 수생식물과 부들, 골풀, 줄풀과 같은 습지식물이 400종 이상 분포하며, 무수한 철새와 텃새, 수서 곤충과 조개류, 양서류, 파충류 등 1000여 종이 넘는 생명체가 터살이를 해 오고 있다. 우포가 단지 날것들과 물풀의 생명 마당 노릇만 하는 것은 아니다. 거대한 늪은 그 자체로 자연 댐 기능을 담당해 홍수를 조절하고, 지천을 통해 들어온 물을 가두는 저수지 기능과 거대한 정화조 노릇을 톡톡히 해낸다. 그러나 이 거대한 자연의 댐도 기상 이변으로 인한 집중호우와 관광객 증가로 인한 생태계 위협은 막을 수가 없다. 몇 년 전 단 한 차례의 집중호우로 우포늪이 처참하게 망가진 사실

쪽지벌에서 바라본 해뜰 무렵의 풍경. 수면에 해 뜬 하늘의 풍경이 고스란히 잠겨 있다.

은 얼마든지 우포늪이 늪으로서의 기능을 상실할 수도 있다는 불길한 징
조를 이미 예보한 것이다.

가야 고분의 숨찬 향기

우포늪을 비롯해 네 개의 늪을 찬찬히 둘러보려면 족히 반나절 이상이
걸린다. 사실 나는 사람들이 많이 찾는 우포늪보다 나무벌, 모래벌, 쪽지
벌에서 더 많은 시간을 보냈다. 늪에서 나는 풍부한 물의 세계를 만났다.
물이 보여 주는 다양한 그림을 만났다. 물에 잠긴 하늘과 구름과 나무와
적막. 바람과 물결에 이랑지고 뭉개지는 풍경들. 빛이 번지고 스며드는
결진 느낌들. 새벽 해 뜰 무렵 도착한 우포늪에서 마지막 쪽지벌을 빠져
나와 창녕에 왔을 때는 오후 4시가 다 돼 있었다. 창녕은 부족국가 가야
시대에 불사국不斯國이 있던 곳이다. 지금도 창녕에는 40여 기 남짓한 가
야시대 고분군이 남아 있다.

이른바 우포늪이 생명의 늪이라면, 창녕 고분군은 죽음의 언덕이다. 고
분의 무리는 읍내에서 그리 멀지 않은 화왕산 서쪽 기슭인 교동과 송현
동 일대에 폭넓게 분포한다. 두 고분군은 도로를 사이로 나란히 마주 보
고 있는데, 교동에 21기, 송현동에 17기가 남아 있다. 이 고분군은 일제
때 발굴된 탓에 대부분의 유물이 일본으로 유출된 상태이다. 일제는 창
녕에서 우포를 망친 것도 모자라 고분의 보물까지 도굴해 간 것이다. 늦
여름 창녕 고분군에는 코스모스가 한창이어서 죽음의 언덕이 숨찬 향기
로 가득했다. 송현동 고분군 뒤편으로는 멋진 미루나무도 여러 그루 솟

1 우포늪에 군락지를 이루어 자생하는 가시연.
그러나 여름철 수해로 가시연 군락지의
대부분이 훼손되었다.
2 사지포에서 만난 막 피어나기 시작한 가시연꽃.
3 교동 고분군에서 바라본
송현동 고분군의 멋진 풍경.

아 있어 단조로운 풍경을 보완하고, 봉긋한 봉분 사이를 구불구불 돌아나간 길은 군더더기 없는 길의 미학을 보여 준다.

교동 고분군에서는 창녕 읍내와 주변의 너른 들판이 한눈에 내려다보인다. 여기서 읍내 쪽으로 조금만 내려가면 또 하나의 고분만 한 봉분을 만나게 되는데, 이건 고분이 아니라 석빙고다. 조선시대에 만든 것으로 보이는 이 석빙고는 경주나 안동의 석빙고와 비슷한 구조 양식을 보이지만, 그 크기는 약간 작은 편이다. 창녕 읍내로 들어가 시장통이 뻗어 있는 술정리에 이르면, 멋진 동3층석탑(국보 제34호)을 볼 수가 있다. 통일신라 때 쌓았다는 이 석탑은 불국사의 석가탑에 비견될 만큼 장중하고, 기품이 느껴지는 탑이다. 여기서 1킬로미터쯤 떨어진 곳에도 서3층석탑을 볼 수 있는데, 두 탑이 한 쌍은 아니다.

3층석탑이 있는 술정리에는 이 땅에서 가장 멋진 샛집도 만날 수가 있다. 하병수 가옥(중요민속자료 제10호)이 바로 그것이다. 조선시대의 가옥 구조(1760년대)를 따르고 있는 이 가옥은 네 칸 남향집이다. 마당에 들어서면 손바닥만 한 텃밭이 왼쪽에 있고, 오른쪽에는 온갖 꽃을 심은 화분이 놓여 있다. 샛집 앞에는 기와집이 한 채 있는데, 이 기와집이 사랑채이고, 샛집이 안채이다. 안채를 둘러싼 돌담은 마치 성곽을 연상시키듯 폭이 넓고 높게 쌓았다. 두텁게 쌓은 담장에는 마당에서 올라가기 좋게 계단까지 따로 만들어 놓았다. 집채에 비해 지붕은 제법 우람해 한눈에도 격식 있는 집처럼 보이지만, 어쩐지 도심의 시멘트 집들 사이에 홀로 섬처럼 남아 그 모양이 안쓰럽기만 하다.

여행일기

전에는, 우리가 오늘날 하고 있는 것과 같은 속도로 기후에 영향을 미치고 바다를 오염시키거나 숲과 생물종과 문화를 말살하는 것이 불가능하였다. 우리의 파괴력의 규모와 속도가 이렇게 컸던 적은 일찍이 없었다. 역사적 선례가 없다. 우리가 처한 상황은 유례가 없는 것이며, 시간은 우리 편이 아니다.

(―헬레나 노르베리 호지 『오래된 미래』 프롤로그 중에서)

시간은 우리 편이 아닌 게 확실하다. 세상에는 믿을 수 없는 기상이변이 계속해서 일어나고 있다. 여기서 '이변'이란 말도 인간의 관점이다. 지구는 견딜 수가 없었고, 계속해서 메시지를 보냈지만, 지구에 대한 인간의 린치는 그칠 기미가 보이지 않는다. 우포늪은 내게 지구를 돌아보라고 말하고 있다.

남해 해안을 따라서

봄이 상륙한
바닷가

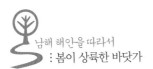

봄 땅은 향기롭다. 겨우내 얼었던 땅 거죽도 단 한 번의 봄비에 맨살을 풀고, 숨구멍을 열어젖힌다. 누가 일러 주지 않아도 흙은 메마름과 딱딱함에서 부드러움과 푸슬푸슬함으로 제 몸을 바꾼다. 농부는 흙의 속살만 들여다봐도 밭갈이를 언제 하고, 씨를 언제 뿌릴지 다 안다. 농부가 흙에 몸을 부리며 일손을 바투 잡는 동안 봄볕이 내리쬐는 땅에서는 푸른 날것들이 고개를 내민다. 가만히 귀 기울여 보면 땅속의 작은 씨앗이 헐거운 흙을 떠밀고 삐죽 고개를 내미는 소리가 들린다. 조심스럽게 이 나무에서 저 나무로 이동하는 벌레들의 발자국 소리도 사뿐사뿐 들려온다.

오는 봄을 보자고 남해 땅에 들어서 보니, 이미 봄은 남해 땅을 다 뒤덮고 뭍으로 떠날 채비를 하고 있다. 너무 늦게 왔다. 바닷가 민박집에 짐을 풀어 놓고 나는 '늦은' 나를 본다. 저물기 시작한 바다 끝에서는 슬로모션으로 붉은 해가 떨어진다. 관능적으로 노을이 번진 구미포구의 하늘과

⋮

구미포구의 저녁. 방풍림의 실루엣이 아름답다.

바다. 낮과 저녁의 경계에서 노을은 현실이 만들어 낼 수 없는 비현실적인 색채를 구현한다. 마치 그것은 노란 유채꽃과 붉은 동백꽃이 어울린 야릇한 풍경과도 같다. 문란했던 하늘이 잠잠해지자 포구의 방풍림 사이로 파란 어둠이 내려앉는다. 구불구불 아무렇게나 뻗어 올라간 팽나무와 느티나무(세어 보지는 않았지만, 모두 365그루란다)가 막다른 바닷가에 그려 내는 이 비정형의 실루엣들. 사진가도 아니면서 나는 삼각대를 받쳐 놓고 그 나무들의 불규칙한 무늬에 필름 한 통을 다 소비했다.

짤막한 섬광이지만, 충분하다

늦은 저녁의 파란 어둠은 금세 무채색 어둠으로 돌변한다. 나는 카메라를 거두고 민박집으로 철수했다. 외로운 민박집에서 니코스 카잔차키스의 『영혼의 자서전』을 펼친다. 나는 이 책을 세 번째 읽고 있지만, 세 번다 감동스러웠다. 책의 첫머리는 이렇게 시작한다.

보이는 것, 냄새, 감촉, 맛, 듣는 것, 지성—나는 내 연장들을 거둔다. 밤이 되었고, 하루의 일은 끝났다. 나는 두더지처럼 내 집으로, 땅으로 돌아간다. 지쳤거나 일을 할 수가 없기 때문은 아니다. 나는 피곤하지 않다. 하지만 날이 저물었다. 해는 졌고 언덕들은 희미하다. 내 마음의 산맥에는 아직 산꼭대기에 빛이 조금 남았지만, 성스러운 밤이 감돌고 있으니, 밤은 대지로부터 솟아 나오고, 하늘로부터 내려온다.

책에서 그는 인간의 일생을 '짤막한 섬광이지만, 충분하다'고 이야기
한다. 카잔차키스는 죽음을 앞에 두고 아내 헬렌에게 유언처럼 마지막으
로 하고 싶었던, 못 다한 말들을 들려주었다. 그러니까 이 책은 그가 연필
로 쓴 것이 아니라 목소리로 쓴 것이다.

그는 지나가는 사람들에게 15분씩만 구걸해서라도 더 살고 싶었다고
한다. 그러나 죽음의 신은 그 약간의 시간도 허락하지 않았다. 애당초 시
간이란 인간의 몫이 아니며, 우리에겐 언제나 시간이 없다. 언젠가 나에
게도 내일 아침이 오지 않는 날이 올 것이지만, 다행히 나는 아침에 눈을
떴고, 창 틈으로 스며드는 비릿한 해풍의 냄새를 맡았다. 나는 짐을 챙겨
바닷가로 나갔다. 나는 번잡한 도심의 시간으로부터 뚝 떨어져 나와 헐
거운 해변의 시간을 거닐었다. 그리고 천천히 기어를 3단에 놓고 1024번
해안 도로를 달렸다. 이 도로는 내가 혼자 가장 아름다운 해안 도로라고
여기며 벌써 네 번째 일주를 시도하는 중이다.

목도, 마도, 죽도 너머에는 아침의 다도해 풍경이 바다 물결과 함께 반
짝인다. 선구포구를 지나 가천마을에 이르자 비탈을 따라 층층이 들어
선 다랑논이 진풍경을 연출한다. 한 층 한 층 그 층수를 세어 보면 족히
100여 층은 될 듯하지만, 고층의 다랑논은 대부분 몇 해씩 묵은 묵정밭
이다. 가천마을 다랑논에는 대부분 마늘을 심어 놓았는데, 중간 중간 심
어 놓은 유채가 초록 다랑논 틈에서 노란 봄빛을 더한다. 어떤 농부는 지
게로 거름을 내고, 어떤 아주머니는 낫으로 만든 장대를 들고 바닷가로
돌미역을 따러 간다. 어떤 할머니는 다랑논 두렁에 걸터앉아 봄 쑥과 냉
이를 캐고, 어떤 할아버지는 달구지에 쟁기를 싣고 집을 나선다. 가천마

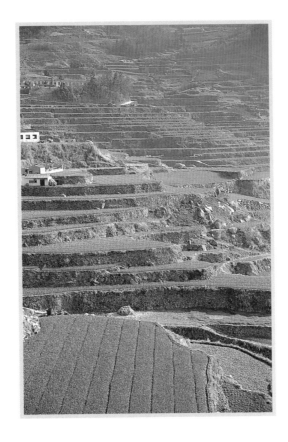

가천 다랭이마을의 다랑논 풍경.
다랑논의 층수가 무려 100여 층에 이른다.

을에서 만나는 암수바위는 이제 전국에서도 알아주는 명물이 다 되었다. 바위 앞에는 동백나무가 여러 그루, 붉은 꽃을 떨어뜨리고 있다. 이미 절반은 꽃이 져서 바닥이 온통 붉은 꽃투성이다.

가천마을을 지나면 남해에서 가장 아름다운 포구인 홍현리가 나오고, 초승달 모양의 해안선에 해송과 모래밭이 그림처럼 펼쳐진 월포해수욕장이 나온다. 한참 달려온 1024번 해안 도로는 이제 이동면에 이르러 19번 국도에게 해안 도로의 임무를 넘겨준다. 왼쪽은 남해 금산, 오른쪽은 다도해를 끼고 도는 에움길. 금산은 몸뚱이 전체가 바위 산이다. 옛날 이성계는 이 산에서 백일기도를 드리고 훗날 왕이 되었다던가. 신라 때 원효는 금산의 깎아지른 듯한 절벽 한 칸을 빌려 보리암을 지었다. 몇 년 전 나는 다도해 일출을 보기 위해 이 암자에서 하룻밤 신세를 진 적이 있는데, 새벽에 일어나 보니 해무가 잔뜩 끼어 줄곧 안개만 구경하다 내려왔다.

소량마을의 착한 농부

19번 국도에서 보면, 양아리 건너편으로 섬이 하나 보이는데, 여기가 노도다. 노를 저어 건너야 한다고 해서 노도다. 이 섬은 〈구운몽〉을 지은 서포 김만중의 유배지로 알려져 있다. 김만중은 숙종 때(1689) 서인이라는 이유로 남인으로부터 탄핵을 받아 노도에 유배당하는 신세가 되었다. 여기서 그는 3년 정도를 살면서 〈구운몽〉과 〈서포만필〉을 지었고, 결국 이 섬에서 숨을 거두었다. 현재 노도에는 10여 가구가 산다. 오래 전 노도에서 만난 정덕아 할머니는 내게 이런 푸념을 늘어놓았다. "우리는 인

187

자 몬 살겠네. 젊은 사람이 읎다 아이오. 소를 가꼬 밭을 갈아야 곡석이 되는데, 호메로 이르케 파니 곡석이 되나. 인자 우째 살꼬. 내가 열일곱 살에 시집을 와가, 그때는 와 일본 놈덜이 마카 처녀 공출한다꼬 일찍덜 시집을 안왔능가. 요새라면 이런 섬으로 누가 시집을 와. 내 이제까지 글이 먼 줄도 모르고 자식덜 공부 다 시켰네. 인자 이 섬에 젊은 사람이 없어노니 고기는 누가 잡을끼고. 마카 사람도 없고, 요샌 고기도 없네." 사람도 없고, 고기도 없다는데, 내가 무슨 말을 더 하겠는가.

노도가 건너다보이는 양아리 두모마을도 가천마을 다랑논 풍경에 버금가는 다랑논 마을이다. 두모마을을 지나 소랑마을과 대랑마을도 맨 다랑논이다. 소랑에서 대랑으로 넘어가는 다랑논에서는 봄 밭갈이가 한창이었는데, 거기서 나는 봄볕 속에 쟁기질을 하는 착한 농부(김일동, 72)를 만났다. 그는 소가 하는 대로 쟁기질을 했다. 소가 쉬면 농부도 쉬고, 소가 저리 가면 농부도 저리 가고. 농부는 마음이 약해 소를 때리진 못하고 이러이러, 소리만 외쳤다. 그래도 말을 듣지 않자 그는 겨우 두어 고랑을 내고는 위워, 풀밭으로 소를 데려가 연하고 맛 좋은 봄 풀을 뜯긴다. 보아하니 데리고 나온 소는 일하는 시간보다 노는 시간이 더 많았다. 그래도 농부는 소를 다그치지 않는다. 그의 말인즉슨 올해 처음으로 하는 일이니, 처음부터 너무 닦달하면 끝까지 닦달하게 된다는 거였다. 소를 모는 그의 등 뒤로 소랑포구의 물빛이 하염없이 푸르다.

대량에서 시멘트 길을 넘어가면 곧바로 상주해수욕장이다. 여름이면 수많은 피서객들이 찾다 보니 상주는 이제 너무 번잡한 곳이 되어 버렸다. 상주해수욕장을 에도는 19번 국도는 그 끝자락을 미조항에 두고 있

소랑마을에서 만난 착한 농부 김일동 씨.
쟁기를 등에 진 채 소와 함께 포즈를 취했다.

다. 남해에서 멸치잡이가 가장 많이 이루어지는 곳이다. 조선시대 때만 해도 미조항은 왜구가 지나가는 길목에 있었던 터라 남해에서 가장 큰 수군 기지를 두고 있었다. 이순신 장군이 옥포해전에 참전하기 위해 함대를 이끌고 첫 출전한 곳도 바로 미조항이다. 이 항구에서는 매일 아침 7시부터 9시까지 물고기를 팔고 사려는 사람들이 활어 위판장에 모여 한바탕 손가락 싸움을 하는 진풍경을 만날 수 있다. 사람들의 손가락이 어지럽게 움직일 때마다 고깃금이 매겨져 순식간에 활어의 주인이 결정된다. 이렇게 경매가 끝나면 위판장 앞에 몰려들었던 활어 운반차들은 썰물처럼 빠져 버린다. 항구를 벗어난 바닷가에는 바지락 캐는 사람들로 가득하다. 자갈이 섞인 갯벌을 갈고리로 한 번 뒤집을 때마다 여남은 개의 바지락이 올라온다. 봄볕 속의 노동. 여행자의 이 심란한 구경.

물미도로를 따라서

길은 다시 미조에서 3번 해안 도로로 이어진다. 여기서부터는 남해의 동해안이다. 흔히 이 도로를 물미도로라 부른다. 물건리와 미조를 잇는 도로라는 뜻과 함께 아름다운 드라이브 코스로 통하는 곳이다. 물건리의 방조어부림도 제법 알려져 있다. 방조어부림이란 태풍이나 해일로부터 마을을 지켜 주고 고기를 불러들인다는 뜻을 지녔다. 일종의 방풍림인 셈인데, 그 길이가 무려 1.5킬로미터, 1만여 그루의 나무가 해안을 따라 숲

창선교 지족해협에서 볼 수 있는 원시 어업 죽방렴.

을 이루고 있다. 이곳에 방풍림이 들어선 것은 약 350여 년 전. 가꾸는 것은 이토록 오랜 시간이 걸리지만, 망가뜨리는 것은 순식간이다. 다행히 물건리 방조어부림은 자연과 인간의 마을이 행복한 풍경을 이루고 있다.

　3번 해안 도로는 죽방렴으로 유명한 창선교로 이어진다. 다리 아래는 물살이 센 지족해협이고, 이곳에 원시적인 어업 형태인 '죽방렴'이 곳곳에 펼쳐져 있다. 죽방렴이란 말 그대로 대나무 그물이다. 위에서 내려다보면 마치 쥘부채를 편 모양처럼 생겼다. 그 부채꼴 모양이 끝나는 꼭지 부분이 불통(원통형 대나무 통발)이고, 부챗살을 펼친 부분이 고기를 유인하는 삼각살(참나무 말목을 연이어 세워 놓았다)이다. 불통의 문짝은 썰물 때 저절로 열렸다가 밀물 때 저절로 닫힌다. 이는 썰물 때 불통 안으로 들어온 물고기가 밀물 때 저절로 갇힌다는 얘기다. 어부는 재수 없이 불통에 갇힌 녀석들만 잡는다. 이 죽방렴으로는 주로 멸치를 잡는데, 죽방렴으로 잡은 멸치는 비늘이 고스란히 붙어 있고, 맛도 더해 그물로 잡은 멸치보다 값을 훨씬 더 쳐준다.

　죽방렴은 자연을 거스르지 않는 친환경 고기잡이다. 드는 고기만 잡고, 나는 고기는 그대로 둔다. 밑바닥부터 싹쓸이로 건져 올리는 어망과는 그 근본이 다르다. 원시적인 것은 좀 불편할 뿐이지 나쁜 것이 아니다. 그럼에도 우리는 원시적이라는 이유로 너무 많은 것들을 폐기 처분해 왔다. 보기 좋은 옛집이 사라졌고, 구불구불 옛길이 망가졌다. 무수한 갯벌이 메워지고, 원시의 숲들이 희생당했다. 사실 편리한 이동 수단인 이 자동차야말로 가장 반환경적인 물건이 아닌가. 그럼에도 나는 내내 자동차를 타고 매연을 내뿜으며 남해의 비린 해안 도로를 지나왔다. 그리고 또 남해를 벗어나 개발 공화국의 수도, 서울로 입성할 것이다. 어찌할 수 없이, 환경오염의 총본산으로.

여행일기

음력 정월 대보름에 한 번 더 남해를 찾았다. 화계 배선대놀이와 선구 줄끗기놀이를 만나기 위해서다. 둘 다 오랫동안 전해져 온 자발적인 대보름 축제다. 화계 배선대놀이는 배선대 비석 앞에서 제를 올리는 것으로 시작된다. 높이 솟은 솟대 위에 세 마리의 오리가 앉아 있고, 솟대만큼 높이 솟은 깃대에는 오방기가 펄럭인다. 풍물놀이패가 한 바퀴 제단 앞을 돌고 나면 한복을 차려입은 제주들이 절을 올리고, 이어 항구에서 뱃고사를 지낸 뒤, 달집을 태운다. 배선대놀이의 절정은 뱃기를 꽂은 배들의 해상 행렬이지만, 이날은 파도가 높아 취소가 되었다. 날은 춥고 간간 눈발이 뿌렸으며, 바람은 점점 거세게 돌진해 오는 날이었다.

화계를 떠나 도착한 남면 선구마을에서는 선구 줄끗기놀이가 시작되고 있었다. 줄끗기놀이에 앞서 한복을 입은 아낙들과 어르신들은 마늘밭 양지에 쪼그려 앉아 해바라기를 하고 있다. 줄끗기놀이는 선구마을 뒷산 당산 나무에서 고사를 지내는 것으로 시작된다. 당산제가 끝나면 밥무덤에 제례 음식을 묻고, 고싸움에 나설 숫줄(북쪽)을 매고 마을로 내려간다. 이 모습이 실로 장관이다. 마을에 도착하면 이미 다른 당산에서 고사를 지낸 뒤 대기하고 있던 암줄(남쪽)이 포구 앞 해변에서 숫줄과 만나 어우러진다. 그리고는 해변 자갈밭에서 한바탕 고싸움을 한다. 고싸움이 끝나면 줄다리기를 하는데, 이때 고와 고 사이에 비녀목을 끼워 남

193

북(암수)이 서로 자리를 옮겨 가며 줄을 당긴다. 여기서 북쪽이 이기면 풍년이 들고, 남쪽이 이기면 풍어가 든다고 하는데, 선구마을이 어촌이다 보니 남쪽이 이겨야 하는 건 기정사실이다.

이 선구마을 줄끗기에 참여하는 마을 사람들은 생각보다 훨씬 많아서 줄을 매고 당기는 사람만도 양쪽이 모두 100여 명에 이른다. 이웃의 여러 마을에서도 함께 참여하기 때문이다. 줄다리기가 끝나면 곧바로 달집 태우기에 들어간다. 풍물패는 달집이 다 사그라들 때까지 달집 주위를 돌며 풍물을 친다. 사람들도 너나없이 어울려 춤을 추고 노래한다. 이제껏 나는 이토록 신명나고 자발적인 마을 축제를 본 적이 없다. 축제가 모두 끝나자 해변에는 작은 잔칫상이 차려진다. 삼삼오오 그냥 자갈밭에 모여 술과 음식을 나눠 먹는다. 나도 술 한 잔에 떡과 고기와 생선으로 배를 채웠다. 🌱

무주 부처 마을, 미륵 마을

때 묻지 않은
시골의 시간

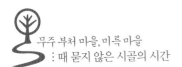

무주 부처 마을, 미륵 마을
: 때 묻지 않은 시골의 시간

간밤에 눈이 내려 멀리 보이는 민주지산과 삼도
봉이 눈꽃으로 새하얗다. 반딧불 서식지로 알려진 남대천 줄기만이 지상
의 숨구멍처럼 남아 구불구불 구천동과 대불천으로 갈라진다. 여기서 구
천동으로 가지 않고 대불천으로 방향을 잡으면 민주지산과 삼도봉 자락
에 깃든 대불리와 미천리를 만날 수 있다. 내가 이곳을 처음 찾은 것은
10여 년 전이다. 하루가 다르게 변해 가는 시골 풍경 속에서 다행히 이곳
만은 '문명의 속도'에서 한발 비켜서 있는 듯했고, 그런 점이 나를 다시
이곳으로 이끌었다. 대불리와 미천리. 이름에서도 알 수 있듯 대불리는
부처 마을이고, 미천리는 미륵 마을이다.

본래 대불리는 석기봉에 있다는 마애불에서 그 이름이 비롯되었다. 대
불리를 이루는 불대, 윗중고개, 아랫중고개, 불당골 등의 자연 마을도 마
찬가지 경우다. 이곳 사람들은 석기봉 마애불을 '머리 셋 달린 불상'이라
고 부른다. 무주 문화재지에 따르면 마애불은 고려 때 만들어졌으며, 본

196

고드름이 매달린 내북동 흙집 풍경.

존불의 머리 위에 불탑을 쌓듯 차례로 불두를 올려 '삼두불'을 표현했다고 한다. 한 몸에 머리가 셋인 불상은 우리나라에서 유일한 것임에도 아직까지 문화재로 지정돼 있지 않다. 불대마을에서 만난 사람들에 따르면 그렇게 그냥 방치한 탓에 불상의 이목구비가 풍상에 다 닳았고, 여름이면 이끼가 불상을 덮어 그 형체를 알아볼 수 없을 정도란다.

산중 마을 눈 치우는 소리

불대마을을 지나 만나는 내북동은 적막한 산중 마을이다. 눈이 내려 더욱 고요한 마을에 소 털 빛깔을 닮은 흙집이 드문드문 빛난다. 마을 들머리에는 덩치 큰 소나무가 금줄을 두르고 서 있다. 멋진 당산 나무다. "당산제도 지냅니까?" 대숲 길에서 눈을 치우던 박재우 씨(59)는 당연한 걸 묻는다는 듯 한동안 넉가래질만 했다. "옛날에는 산제라고 해서 3일 동안 공을 들였는데, 지끔은 정월 열나흗날 하루만 공을 들여요. 석기봉 불상이 지켜 주었는가는 몰라도, 옛날부텀 여기가 피난처였어요." 다시 그는 넉가래를 들고 수북하게 쌓인 눈을 밀어낸다. 눈이 내린 산중 마을에 눈 치우는 소리가 상쾌하다. 그가 치워 놓은 눈길 따라 내려오는 길에 만난 성정순 할머니(74)도 넉가래를 들고 마당에 쌓인 눈을 치우고 있다. 강아지는 할머니 옆에 바짝 붙어 낯선 이방인을 향해 캉캉 짖어 댄다.

대불리가 민주지산과 석기봉에 가까이 자리하고 있다면, 미천리는 삼도봉에 더 가까이 둥지를 틀고 있다. 삼도봉은 예부터 충북과 경북, 전북

198

1 불대마을에서 만난 토종 수탉. 거름 더미에 올라 눈을 맞고 있다.
2 내북동 들머리에서 만난 금줄을 두른 당산 나무. 뒤편으로 희미하게 석기봉이 보인다.
3 대불리 내북동에서 만난 할머니가 넉가래로 마당에 쌓인 눈을 치우고 있다.

의 3도를 나누는 봉우리 노릇을 해 왔다. 전하는 바에 따르면, 미천리의 땅 모양은 흡사 미륵의 형상을 띠고 있다고 하며, 땅 이름도 언젠가 미륵이 올 땅이라 하여 '미래'라 불렸다. 웃미래, 아랫미래, 장자터, 점말이 모두 미천리에 든다. 웃미래는 화전민 정착 마을이다. 김인용 노인(79)에 따르면 1973년 삼도봉 가까이에서 불밭을 일구며 살던 안골 화전민들을 모두 이곳으로 이주시켰다고 한다. 아직도 마을에는 당시의 이주민 주택이 남아 있다.

김인용 노인 댁에서 나는 재미있는 풍경을 만났다. 집 앞 고욤나무에 다닥다닥 콩새가 내려앉아 맛있게 고욤을 쪼아 먹고 있는 풍경이다. 천지간에 폭설이 내려 먹이를 찾을 수 없게 된 콩새들에게 서리 맞아 달착지근해진 고욤은 더없이 군침 도는 먹이였으리라. 녀석들은 사람이 가까이 오든 말든 개의치 않는 눈치다. 이런 것쯤 흔한 풍경이라는 듯 김인용 노인도 별 신경을 쓰지 않는다. 못 돼도 30마리는 넘어 보이는 콩새가 손만 뻗으면 닿을 고욤나무 가지에 앉아 사람을 개의치 않는 이런 풍경은 도심에서 온 내게는 꽤나 신기한 풍경이어서 나는 한참을 고욤나무 아래 있었다. 김 노인 댁에서는 아직도 짚으로 엮은 닭둥우리를 쓰고 있다. 닭둥우리는 짚을 엮어 우묵한 둥우리를 만든 뒤, 그 안에 짚을 깔아 주어 암탉이 알을 낳고 품도록 만든 것으로, 요즘 실생활에서는 그 쓰임이 다한 잊혀져 가는 물건이다. 외양간에 매어 둔 소를 보니 어미소도 송아지도 덕석을 해 입혔다. 덕석을 입은 송아지는 영락없이 어미소를 닮았다.

점말로 오르는 외로운 길

웃미래에서 작은 고개를 하나 넘으면 장자터가 나온다. 장자터에서는 멋진 건조실을 한 채 만났다. 벽에 회를 발라 놓은 건조실은 눈으로 지은 집처럼 하얗게 빛난다. 파란 하늘에 하얗게 빛나는 집. 옛날 웬만한 시골에는 건조실이 없는 곳이 없었다. 건조실은 담배도 말리고, 고추도 말리는 용도로 쓰였지만, 겨울에는 소여물을 넣어 두거나 나뭇짐을 보관하는 헛간 노릇도 했다. 그러나 비닐하우스가 보편화되고, 담배 농사가 밑지는 농사로 전락하면서 건조실은 그 소용이 다해 버렸다. 대불리에서도 미천리에서도 건조실은 이제 조용히 무너져 가고 있다. 무너진 건조실은 그대로 방치되어 있다.

장자터에서 점말로 가는 길(2킬로미터)은 눈이 내린 뒤에는 지프차로도 오르기 힘든 길이지만, 청량한 공기 냄새를 맡으며 걷기에는 더없이 좋은 산길이다. 걸어서 30분이면 족한 길. 점말에는 오두막으로 지은 샛집을 한 채 만날 수 있는데, 내가 아는 한 이 샛집은 우리나라에서 가장 운치 있는 샛집이다. 점말에는 단 두 집이 산다. 한 집은 샛집이고, 다른 한 집은 흙집이다. 샛집 방 안에는 로터리식 흑백 텔레비전이 한 대, 소형 라디오와 카세트가 또 한 대씩. 방 안 구석에는 집주인이 낙서 삼아 쓴 일기와 한서들이 쌓여 있고, 잡동사니 살림살이가 빼곡히 들어차 있다.

부엌은 한데 부엌이고, 억새로 벽 막음을 해 놓았다. 찬바람이 불면 그대로 바람이 들이치는 부엌. 여기에는 옛날 조왕신을 모시던 조왕중발이 남아 있지만, 지금은 촛대 노릇을 한다. 과거 방앗간으로 썼다는 헛간채는 샛집에서 뚝 떨어진 채 절반은 허물어져 있다. 그동안 나는 삼도봉 아

눈꽃이 만발한 삼도봉.
삼도봉은 충북·경북·전북을 나누는 분기점이기도 하다.

래 숨은 점말에 네댓 번이나 다녀갔다. 그러는 동안 외양간으로 사용하던 샛집이 한 채 사라졌고, 쓰러져 가던 헛간채가 무너졌다. 쓰러지고 무너져 가는 것이 요즘 두메 마을의 어찌할 수 없는 현실이고, 그건 어쩔 수가 없다. 점말에서 바라보는 삼도봉의 눈꽃은 햇빛을 받으면서 수정처럼 맑게 빛난다. 코끝이 시린 겨울바람은 삼도봉을 미끄러져 점말 언덕 소나무에 얹힌 눈 더미를 잠깐 털어 낸다. 어쩌자고 나는 또 여기에 와 있는가.

여행일기

　무주의 남대천은 반딧불이의 서식지로 알려진 곳이다. 남대천에서도 반딧불이 보호 구역으로 지정된 곳은 설천면 청량리에서부터 소천리까지 남대천 중류와 대불리와 미천리에서 내려오는 대불천 하류가 속한다. 사실 요즘에는 농촌에서도 농약과 생활 폐수로 인해 수질오염이 심해지면서 한여름에도 반딧불이의 모습을 찾아보기가 어려운 실정이다. 반딧불이가 산다는 것은 한마디로 자연과 환경이 때 묻지 않았다는 얘기다. 실제로 이곳에서는 여름철 애반딧불이와 늦반딧불이를 합쳐 한 시간에 200여 마리의 반딧불이를 볼 수 있어 나라에서 가장 많은 수의 반딧불이가 사는 것으로 밝혀졌다. 알려진 바로는 남대천이 겨울에도 물이 차지 않고, 물 흐름이 느린 데다 알칼리성 수질을 띠고 있어 반딧불이가 서식하기에는 더없이 좋은 환경을 지니고 있다고 한다.

　흔히 개똥벌레라고도 불리는 반딧불이는 겨울에는 애벌레로 물에서 다슬기를 먹이 삼아 지내다 봄이 되면 뭍으로 올라와 번데기가 되었다가 늦봄에 날벌레로 탈바꿈한다. 보통 여름철에 반딧불이가 많이 발견되는 까닭은 이때가 알을 낳는 시기이기 때문이며, 꽁무니에서 빛을 내는 것은 짝짓기를 위해 암수가 서로 부르는 신호이다. 반딧불이가 빛을 내는 것은 몸속의 루시페린과 루시페라제라는 발광 물질 때문이다. 이들 물질이 산소와 만나 산화하면서 생기는 에너지가 바로 황록색 반딧불이의 빛이다. 형설지공螢雪之功이라 하여 반딧불이의 빛으로 책을 읽었다는 고사성어가 있지만, 실제로는 반딧불이 빛으로 책을 읽을 정도가 되려면 수십 마리의 반딧불이가 필요하다고 하며, 이 수십 마리의 반딧불이 일시에 발광을 해야 옛날 호롱불 정도의 밝기가 된다고 한다. 과학적으로 형설지공은 불가능하다는 얘기다.

변산반도를 따라서

바람의 에움길

       청호지 가는 길에 눈부신 눈 떼를 만났다. 해가
중천에 뜬 채로 눈이 퍼붓는 풍경은 그야말로 눈부시고 황홀하다. 누군
가는 30년 만의 폭설이라고 근심에 잠겨 있을 테지만, 속없는 나는 살면
서 이런 눈은 처음이라고 혼자서 설레발이다. 변산반도를 지척에 두고
나는 눈부신 은세계를 미끄러져 청호지에 멈추어 섰다. 초록색 호수와
푸른 하늘과 흰 눈 더미가 절묘하게 어울린 가운데 네댓 척의 쪽배가 호
숫가에 매어져 심심한 풍경을 보완한다. 간격과 각도를 달리해 가며 나
는 연신 셔터를 눌러 댄다. 눈 감고 아무렇게나 찍어도 그림이 되는 풍경
이 있다면, 여기가 바로 거기다.

  사실 청호지는 낚시꾼들에게는 좀 알려져 있지만, 일반인들에게는 잘
알려지지 않은 곳이다. 봄가을 안개가 뒤덮은 새벽 청호지에 고기를 잡

:

눈이 내린 청호지 풍경.

는 쪽배 몇 척이 떠 있는 풍경은 몽환적이고, 눈이 내린 한겨울의 청호지
는 담백하다. 호수와 쪽배를 빼고 나면 대부분 여백으로 남는 풍경. 눈 떼
가 그친 뒤에야 나는 청호지의 여백을 슬쩍 빠져나왔다. 이제 내 앞에는
눈이 수북이 쌓인 30번 국도가 꿈틀거리며 바다로 뻗어 있다. 변산반도
를 따라가는, 바다와 갯벌과 구름과 바람이 묻어나는 해안의 에움길. 여
러 번 이 길을 다녀 봤고, 여러 번 나를 멈추고 구경했던 에움길이지만,
이렇게 폭설 속을 헤쳐 가기는 이번이 처음이다.

호랑이 등긁개나무

　오른쪽으로 고개를 돌리면 드넓은 새만금 갯벌이 제 쓰린 속내를 드러
낸다. 백합이 넘쳐 나는 계화 뻘 밭도 바지락이 지천인 해창 갯벌도 방조
제 공사와 함께 갯무덤으로 변할 날이 얼마 남지 않았다. 비릿한 갯바람
이 해안의 눈 더미를 쓸어 갈 뿐, 드넓은 갯벌은 이토록 외롭게 헐거운 겨
울을 나고 있다. 30번 국도는 새만금 갯벌의 현실을 적나라하게 보여 주
며 조금씩 채석강에 가까워진다. 격포항에서 보는 채석강의 층층 절벽은
언제 보아도 질리지 않는 절경이지만, 이제는 너무 많은 사람들이 찾는
명소가 되었다. 너무 유명해서 채석강을 보러 가는 방파제 주변은 따개
비처럼 많은 포장마차가 점령해 버렸다. 솔직히 내가 기피하는 풍경이
바로 이런 사람 몰리는 풍경이다. 풍경보다 사람 구경을 더 해야 한다면,
서울에서도 얼마든지 가능한 일이다.
　변산반도는 국립공원이다. 흔히 부안이 어디인지는 가물거려도 변산 하면

모르는 사람이 거의 없다. 변산반도는 동쪽을 뺀 삼면이 모두 바다로 둘러싸여 있어 산세와 바다의 아름다움을 함께 만날 수 있는 해륙 국립공원이다. 『삼국유사』에는 "백제 땅에 변산이라는 산이 있어 변한이라 하였다"는 기록이 있는데, 옛 삼한 가운데 하나인 변한의 이름은 바로 이 변산으로 말미암아 붙여진 이름이다. 변산은 산세가 그리 험준하지는 않지만, 날렵하면서도 아기자기하여 옛사람들은 변산을 마치 소의 천엽 속 같다 하였다. 변산에는 다른 지역에서 볼 수 없는 희귀한 야생식물도 많이 자라고 있는데, 천연기념물로 지정된 호랑가시나무와 미선나무가 바로 그것이다.

호랑가시나무는 잎이 가죽처럼 딱딱하고 윤기가 나며, 타원 모양의 육각형으로 잎 가장자리의 끝은 날카로운 가시바늘처럼 되어 있어 호랑이등긁개나무라고도 부른다. 호랑이가 등이 가려울 때 이 나뭇잎에 등을 문질러 긁었다는 데서 유래한 것이다. 예부터 부안에서는 집안에 잡귀의 침입을 막기 위해 음력 2월 영등 때 호랑가시나무 가지를 꺾어다 정어리와 함께 문 앞에 매다는 풍습이 있어 왔다. 꽃은 4~5월에 피며 열매는 가을에 붉게 익어 겨울까지 가는데, 새들이 이 열매를 좋아해 겨울까지 남아 있는 열매가 드물다. 사실 부안은 호랑가시나무가 자랄 수 있는 북쪽 한계선인데, 변산면 도청리에 호랑가시나무 군락지가 있다.

미선나무도 세계에서 유일하게 충청북도 괴산 일원과 변산에만 자라는 1속 1종의 희귀 식물이다. 미선나무는 높이가 약 1미터 안팎으로 자라는 관목으로 꽃은 이른 봄에 개나리꽃처럼 피지만, 빛깔은 연백색이다. 부채 모양의 특이한 열매를 맺기 때문에 미선나무라 불리며, 희귀 식물인 관계로 우리나라 우정국이 생겨날 때 제일 처음 우표 도안용으로 사용되기도 하였다. 현재 미선나무는 변산면 중계리와 상서면 청림리 산기슭에 약 2500여 그루가 자라고 있다. 지금까지 조사된 바로는 이곳이 우리나라에서 가장 큰 미선나무 군락지라 할 수 있다.

사철 꽃 피는 내소사 꽃살문

호랑가시나무 군락지가 있는 도청리를 벗어나면 새만금 이상으로 드넓게 펼쳐진 줄포만 갯벌이 나타난다. 이곳의 갯벌은 국내에서 가장 큰 바지락 밭이기도 해서 썰물이 나면 수십 리 갯벌 밭으로 바지락을 캐러 가는, 꼬리에 꼬리를 문 경운기의 행렬을 심심찮게 만날 수 있다. 궁항·모항·곰소항 등 줄포만에 삶을 기댄 포구 마을도 변산의 절경 속에 연이어 펼쳐진다. 그리고 무엇보다 빼놓을 수 없는 내소사도 이곳에서 만날 수 있다. 진서면 석포리에 위치한 내소사는 흔히 절로 가는 길이 우리나라에서 가장 아름다운 곳으로 손꼽힌다. 특히 눈이 무릎까지 쌓인 이런 날이면 내소사 가는 길은 선계로 가는 길처럼 비현실적이다. 세찬 바람이라도 불면 수백 그루의 전나무는 일제히 눈 더미를 털어 선계로 가는 나그네를 골탕 먹인다.

길을 비켜난 계곡은 땅의 생김대로 울룩불룩하게 눈을 뒤집어쓴 엠보싱 표면을 드러내 놓고 있다. 그 위에 방금 앉았다 간 새 발자국이 선명하고, 꿩의 깃털 하나가 발자취의 주인을 말해 주고 있다. 그러고 보니 나도 내소사까지 수없이 많은 발자국을 남기며 왔다. 그건 여기까지 내가 걸

1 호랑가시나무. 잎이 가죽처럼 딱딱하고
잎 가장자리 끝이 날카로와
호랑이등긁개나무라고도 부른다.
2 내소사 대웅전의 꽃살문.

어온 자취이지만, 눈이 녹으면 다 사라질 증 거들이다. 내소사는 온통 폭설을 뒤집어썼다. 대웅전도 3층석탑도 설선당도 제각기 묵직한 눈의 업보를 지고 있다. 내소사의 아름다움은 대웅전 꽃살문에서 두드러진다. 이곳의 꽃살 문은 마치 하나하나의 꽃잎이 살아 움직이듯 정교하게 조각돼 있으며, 연이어 맞추어 나간 솜씨가 절묘한 조형미를 풍긴다. 색이 바래 나뭇결이 고스란히 살아 있는 천연한 꽃잎들. 연꽃은 연꽃대로, 모란은 모란대로 여기서 사 철 꽃을 피운다.

내소사에서 봉우리를 두 개쯤 넘으면 내소 사만큼이나 그 역사가 깊은 개암사가 있다. 오랜 옛날 개암사는 멸망한 백제를 다시 일으 키려 했던 후백제 세력의 본거지이기도 했다. 삼한시대 변한의 궁전이 개암사 인근에 있었 고, 궁전을 절로 고쳐 지었다는 이야기도 전 해 온다. 변산반도를 감싸 도는 에움길은 곰 소항과 곰소염전을 지나면 보안면에 이르러 끝이 난다. 사실 부안 땅은 민속이니 생활 문 화를 연구하는 식자들에게는 상당히 매력적 인 곳으로 통한다. 동아시아 최고의 풍어제로 손꼽히는 위도의 띠뱃놀이가 존재하고, 보안 면 우동리를 비롯해 부안 읍내와 내요리 돌모 산마을, 상서면 성암리, 계화면 창북리, 대벌리 등에서 솟대형 당산을 만날 수 있고, 당산제의 전통을 지켜 오는 마을도 여러 곳이기 때문이 다. 특히 우동리와 돌모산마을은 당산제의 원 형을 제대로 간직해 오는 곳으로 알려져 있다.

그동안 두 번씩이나 나는 당산제를 보기 위 해 우동리를 찾은 적이 있지만, 이번에는 순 전히 눈 때문에 우동리를 찾았다. 사위가 눈 에 덮인 우동리 당산을 눈으로 확인하고 싶었 다. 다행히 우동리 당산(팽나무)은 눈밭에 홀 로 우뚝 서서 무수한 가지를 하늘로 뻗어 올 리고 있었다. 마을 사람들의 신성한 기원을 담은 당산 나무는 그 자체로 신령한 우주 나 무다. 우동리에서는 여기가 세계의 배꼽 '옴 팔로스'이고, 신이 강림하는 성역이다. 사람 의 마음이 하늘의 신전과 통하는 우주 정거장 이다. 믿음이 부족한 나에게는 그저 팽나무일 뿐이지만, 섬기는 자들의 서낭당을 부정할 필 요는 없다. 나무도 300년쯤 묵으면 없던 신성 도 생겨나는 법이므로.

1 돌모산의 한 노인이
용줄을 꼬는 짚단 위에 앉아 있다.
2 돌모산 솟대당산 옷입히기.

돌모산 주민들이 짚을 꼬아 만든 용줄을 들고
마을을 한 바퀴 도는 용줄돌기를 하고 있다.

여행일기

돌모산 당산제에 갔을 때, 아는 사람 몇 명과 동행한 적이 있다. 가끔 두메 마을 트레킹을 할 때나 꽃 산행을 할 때도 종종 동행하는 사람들이다. 마을에 도착하자 그들은 나보다도 먼저 마을 사람들과 어울려 용줄 꼬는 것을 돕고, 줄다리기도 하고, 용줄을 어깨에 매고 마을을 한 바퀴 도는 용줄돌기도 하면서 꼬박 하루 동안 당산제를 즐겼다. 이들은 이구동성으로 당산제가 이렇게 재미있는 줄 몰랐다면서 다음에도 당산제에 갈 때는 꼭 같이 가자고 하는 거였다. 당산제나 풍어제와 같은 마을 공동의 축제는 구경꾼보다는 참여할 때 더 재미가 있는 법이다.

담양 봉서리 대숲에서 명옥헌으로

대숲과 정원의
행복한 어울림

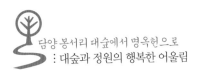

담양 봉서리 대숲에서 명옥헌으로
: 대숲과 정원의 행복한 어울림

사르르 삭삭. 대숲에 바람이 인다. 바람에 부대
껴 저희들끼리 몸 부비는 소리 시원하다. 바람이 되게 불기라도 하면 대
숲의 소리도 거세져 마치 파도에 모래 쓸리는 소리가 난다. 그러나 바람
이 그치고 나면 대숲은 그야말로 적막해서 마치 고요한 별천지에 발을
들여놓은 듯 유유하고 그윽하다. 비라도 들이치면 대숲은 거대한 악기로
돌변해서 투다닥 탁탁, 듣기 좋은 타악기 소리를 연주한다. 이 무렵 대숲
그늘에는 여기저기서 삐죽삐죽 고개를 내민 죽순이 은밀하게 제 키를 키
운다. 여름철 한 번 비가 오고 나면, 하룻밤 사이 죽순이 60센티미터나
자란다고 하니, 대숲에 들어서야 우후죽순이란 말을 실감하겠다. 옛날
담양의 한 선비가 대숲에 갓을 벗어 놓고 잠깐 볼일을 보고 돌아서 보니
갓이 없어졌다는 이야기도 농담으로만 들리지 않는다.

담양하고도 금성면 봉서리 대숲에 나는 와 있다. 이곳에서 수많은 광고
와 영화와 드라마를 찍었다고 하지만, 그것은 내 관심사가 아니다. 다만

216

:

하늘이 보이지 않을 만큼 쭉쭉 뻗은 봉서리 대숲의 대나무.

영화 〈와호장룡〉에서 본 듯한 울창한 대밭 풍경과 그 사이로 구불구불 펼쳐진 고샅에서 나는 기치창검의 웅장한 화면을 연상했을 뿐이다. 수만 평산자락을 빌려 들어선 수천 그루의 대나무. 바람에 실려 오는 은은한 대나무 향을 따라 숲길을 거닐다 보면 먹먹한 가슴이 풀리고, 마음이 다 향긋해진다. 이른 아침의 대숲은 사람이 찾지 않아 더욱 호젓하다. 재수가 좋으면 아침에만 망태를 편다는 망태버섯의 신비한 모습도 만날 수가 있다.

대숲에 자라는 망태버섯의 신비

다행히 나는 재수가 좋았다. 대숲 고샅을 따라가다 몇 군데에 걸쳐 망태를 활짝 펼친 망태버섯을 차례로 만난 것이다. 이 녀석 정말 신기하다. 대숲에서 주로 자라는 망태버섯은 그 생긴 모양이 망태처럼 생겼다고 붙여진 이름인데, 맨 처음 자루는 마치 뱀처럼 땅에서 솟아 나오고 자루 끝에 달리는 갓은 갈색의 삿갓 모양을 이룬다. 이 삿갓과 뿌리 사이의 자루를 노란색 망사 모양의 망태가 그물처럼 감싸고 있어 망태가 펴진 망태버섯은 화려하고 신비롭기 짝이 없다. 그러나 이렇게 펴진 망태는 늦은 오전으로 갈수록 마치 날개를 접듯 접어 버린다. 따라서 망태버섯을 감상하려면 아침나절 10시 이전에 대숲을 찾아야 한다. 중국에서는 이것을 '죽손'이라 하여 아주 귀한 식용 버섯으로 친다.

나는 계속해서 망태버섯의 신비로운 모습을 구경하느라 시간이 가는 줄도 몰랐다. 결국 망태버섯에 필름 한 통을 다 쓰고서야 대숲을 내려왔다. 대숲 입구에는 아침에 없던 포장마차가 들어와 있다. 죽엽찰밥을 파

1 대숲에서 만난 희귀한 망태버섯.
대나무숲에 주로 자라며, 자루는 뱀처럼 솟아 나오고
갓은 갈색 삿갓 모양에 노란색 망태가
그물처럼 자루를 감싸고 있다.
2 소쇄원 제월당 가는 길에 올려다본 담장과 푸른 하늘.

는 수레였다. 죽엽찰밥은 간단하게 말해 찰밥을 댓잎에 돌돌 말아 찐 것인데, 그 맛이 기가 막히다. 찰밥이니 찰진 것은 당연한 것이고, 밥알을 씹을 때마다 댓잎 향이 입 안 가득 퍼진다. 아침도 굶고 대숲에 들었던 터라 나는 죽엽찰밥으로 브런치를 대신했다. 대숲 계곡을 흘러온 시원한 약수로 디저트를 대신했다.

대전면에 자리한 삼인산 대숲도 담양에서는 꽤나 알려진 대숲이다. 드라마 〈다모〉에서 남녀 주인공이 칼을 겨루고 대나무 사이를 날아다니며 '아름다운 결투 신'을 펼친 곳이 바로 이곳이다. 봉서리 대숲이 산자락을 따라 비탈지고 굴곡지게 조성돼 있다면, 삼인산 대숲은 대체로 평지를 이루고 있다. 사람들은 오르막이 없는 이곳의 대숲 산책로에서 느긋하게 죽림욕을 즐기곤 한다. 대나무는 공기 정화 능력이 뛰어난 까닭에 대숲을 걷는 것만으로도 폐부를 정화하고, 누적된 심신의 피로를 씻는 효과가 있다고 한다. 그 효과에 상관없이 나는 산책로를 한 바퀴 천천히 돌아서 내려왔다.

⋮
1 여름 녹음에 잠긴 명옥헌 풍경.
명옥헌 풍경의 운치는 조용함과 한적함에 있다.
2 통나무(귀애) 물길을 따라
계곡의 물이 연못으로 연결된다.
3 담양 읍내에는 팽나무, 느티나무, 푸조나무 등으
로 조성한 관방제림(천연기념물 제366호)이 있다.
4 소쇄원 담장의 이끼 낀 기왓장.

명옥헌 배롱나무

사실 사람들에게 널리 알려진 담양의 대숲
은 남면 지곡리에 자리한 소쇄원 대숲이다.
애당초 소쇄원이라는 이름도 깨끗하고 시원
한 정원이라는 뜻을 지니고 있는데, 이 '깨끗
함과 시원함'은 바로 계곡의 물과 입구의 대
숲에서 비롯한 것이다. 소쇄원은 정원 전체가
자연을 거스르지 않으려는 옛 정원 문화의 전
형을 극명하게 보여 준다. 소쇄원은 입구에
대숲이 들어서 있고, 대숲을 벗어나면 계곡을
중심으로 오른쪽에 애양단이, 왼쪽에는 광풍
각과 제월당(우암 선생이 현판 글씨를 썼다)이,
계곡에는 물소리와 물 흐름을 그대로 살린 오
곡문을 두고 있다. 제월당이 서재 노릇을 했
다면, 광풍각은 손님을 맞는 사랑방이었으며,
애양단은 휴게소요, 오곡문은 탁족을 하거나
심신을 씻는 공간에 다름 아니었다. 특히 오
곡문의 돌담은 두 개의 물 통로를 뚫어 계곡
의 물 흐름을 방해하지 않았고, 자연스런 물
소리의 퍼짐을 어디서나 들을 수 있도록 설계
되었다.

'소쇄'는 소쇄원을 꾸민 양산보(1503~1557)

의 호號이기도 한데, 조선 중기 홍문관 대사헌을 지낸 양산보는 기묘사화로 스승인 조광조가 유배당하자 모든 출세의 뜻을 접고 낙향하여 대숲과 계곡이 어울린 이곳에 소쇄원을 짓고 숨어 살았다. 양산보는 죽음을 목전에 두고도 유언을 통해 '소쇄원만큼은 절대로 남에게 팔지 말라'는 말을 남겼을 정도로 소쇄원을 아꼈다. 이 말에는 정원을 잘 돌보라는 뜻도 담겨 있지만, 후손에게 출세보다는 초야에 묻혀 은자로 살아가라는 묵시적인 바람이 담겨 있는 것이었다. 그런 뜻에 걸맞게 당시 이곳에는 면앙 송순과 송강 정철 같은 대가들이 즐겨 찾아 시를 짓고 학문을 논한 곳으로도 유명하다.

담양에는 옛 빛을 고스란히 담은 정원과 정자가 유난히 많다. 면앙 송순의 〈면앙정가〉 탄생과 관련이 깊은 면앙정과 송강 정철의 〈사미인곡〉과 연관된 송강정을 비롯해 식영정·독수정·상월정·남희정·명옥헌 등의 정원이 모두 담양에 둥지를 틀고 있다. 이 중에 내가 가장 오랜 시간을 보낸 곳은 바로 명옥헌鳴玉軒이다. 명곡 오희도(1583~1623)가 지은 것으로 알려진 명옥헌은 정자 앞에 연못이 있고, 연못 주변에 배롱나무(백일홍)와 적송을 심어 여름이면 물에 비친 붉은 백일홍과 짙푸른 소나무와 하늘의 빛깔이 그지없이 아름답게 느껴지는 곳이다. 이곳에 심어진 약 20여 그루의 배롱나무는 수령이 모두 100년 이상 되었다. 나는 연못과 배롱나무를 구경하고 정자 마루에 누워서 한 시간 이상 낮잠도 잤다. 그리고 주제넘게 수첩에다 〈명옥헌 배롱나무〉라는 시도 한 편 적었다.

물 위의 경전은 구름과 같아서 지나고 나면 읽을 수가 없다 세상을 등지

고 은둔했던 그 옛날 오 아무개 선비처럼 나는 하루를 명옥헌에 은둔했다
소쇄원도 아니고 독수정도 아닌 명옥헌에서 나는 헐거워진 나를 등지고
무작지작無作之作한 정원庭園의 풍경을 본다 이곳에서는 못에 비친 구름과
비껴 보이는 산, 나무에 걸린 하현과 배롱나무를 흔드는 바람이 '정庭'이
고 '원園'이다 눈과 비, 안개와 어둠, 겨울과 여름이 뜰이고 울타리다 거기
에 나는 잘못 걸린 편액처럼 들어앉아 뒤틀린 배롱나무의 자세로 온갖 소
리 넘쳐나는 경을 듣는다

  ── 졸시, 〈명옥헌 배롱나무〉 중에서

223

여행 일기

　　담양에서 대숲은 그 자체로 정원이나 다름없다. 현재 지구상에는 약 3200여 종의 대나무가 분포하고 있으며, 우리나라에서는 주로 호남과 영남 지방이 주산지이고 서해안 지방은 충남 태안반도까지, 동해안 지방은 강원도 고성까지가 분포 한계선이다. 우리나라에서 자라는 대나무는 솜대, 왕대, 맹종죽, 오죽, 갓대, 조릿대 등 약 70여 종이 있는데, 현재 담양의 죽물박물관 죽종장에는 이 중 64종의 대나무를 볼 수 있다. 담양 일대에 대나무가 많이 자라는 이유는, 이곳이 온대 남부에 속해 연평균 기온이 섭씨 12도를 유지하며, 연평균 강수량도 1000밀리미터 내외로 대나무가 자라기에 가장 적합한 환경이기 때문이다. 실제로 담양에서 나는 대나무는 그 단단함과 탄력성이 가장 뛰어난 것으로 알려져 있다. 이 같은 환경 덕택으로 현재 담양에는 죽공예품을 생산하지 않는 마을이 거의 없을 정도이며, 죽세공예에 종사하는 장인만도 1000여 명이 훨씬 넘고, 생산되는 죽공예품 종류도 70여 종에 이른다.

화순 운주사에서 가수리까지

거지탑은
왜 거지탑인가

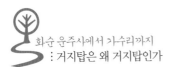

영귀산 8부 능선 공사바위에서 내려다보면 운주
사의 땅 모양은 길쭉한 배처럼 생겼다. 그 배 위에 제각각으로 들어선 천
불천탑이 무수한 돛대처럼 솟아 있다. 그 옛날 도선국사가 이 바위에 걸
터앉아 운주사를 설계하고, 천불천탑 대공사를 지휘했다는 말도 전해 온
다. 전설에 따르면 도선은 한반도의 지형이 배처럼 생겨서 산이 많은 동
쪽에 비해 산이 적은 서쪽이 기울 것을 염려해 배의 중심에 해당하는 능
주에 1000개의 불상과 불탑을 조성했다고 한다. 그러나 설화에서 이 천
불천탑은 하룻밤 사이에 세워야 새 세상이 열리고, 1000년 태평성대가
이루어지는 것이었지만, 마지막 남은 와불을 일으키려는 순간, 새벽닭이
우는 바람에 모든 염원이 수포로 돌아가고 만다.

결국 어렵게 건조한 운주사라는 거대한 배 한 척은 마지막 돛대를 달지
못해 운행할 수 없는 처지가 되었다. 이 설화는 황석영의 소설『장길산』
에서도 중요한 모티브를 제공했다. 황석영은『장길산』에서 운주사를 천

민과 농민의 해방구이자 새 세상의 염원을 담은 미래불(미륵불)의 세상으로 삼았다. 그러나 너무 일찍 새벽 첫닭이 울었던 탓에 장길산이 바라던 새 세상은 끝내 열리지 않았다. 잠자고 있는 미륵불을 일으켜 세우려던 혁명가로서 장길산의 꿈도 그렇게 무너지고 말았다.

오지 않은 미륵의 꿈

관군에게 쫓겨 운주사로 들어온 백성들의 시체는 마치 천불천탑의 잔해처럼 천불산 계곡에 무수히 흩어지고 쓰러져 나뒹굴었다. 황석영이 운주사를 『장길산』의 마지막 배경으로 삼은 것은 운주사 와불이 미륵불이고, 미륵불은 아직 오지 않은 미래불이기 때문이다. 운주사는 이루어지지 못한 꿈, 오지 않은 세상에 대한 안타까운 상징으로써 수많은 문학 작품의 소재가 되었다. 그것은 대체로 안타깝고 슬픈 현실의 반영이며, 초월의 출구였고, 은유의 궁극에 도달할 소우주였다. 지금도 운주사의 미래불은 언제 올지 모르는 미륵의 꿈처럼 그렇게 누워 있다.

그런데 운주사는 '運舟寺'가 아니라 '雲住寺'이다. 과거 도선국사가 펼쳤던 행주론行舟論도 그렇고, 수많은 시인들도 운주사를 언젠가는 우주로 띄워야 할 배로 표현해 왔다. 그러나 오랜 동안 폐사지로 남았던 운주사의 유물 발굴 과정에서 '雲住寺'라고 쓴 현판이 발견되었고, 남아 있는 사료나 읍지에도 그렇게 표기한 것이 많아 우주를 떠돌아야 할 한 척의 배 '運舟寺'는 구름이 머무는 '雲住寺'에 밀려나고 말았다. 객관적이고 사료적인 증거도 중요하지만, 운주사는 '배'가 아니고서는 어쩐지 질감과 상징이 느껴지지 않고, 그럴듯해 보이지도 않는다.

운주사에 들어서면 맨 먼저 만나는 탑이 9층석탑이다. 10미터가 넘는 이 탑은 운주사에서 가장 높고 잘 생긴 탑으로 손꼽히는데, 일설에는 이 탑(백제계 석탑)이 운주사를 떠받치는 돛대 탑이라고도 한다. 그러나 내 눈길을 잡아끈 탑은 이것이 아니다. 9층석탑에서 눈길을 돌려 오른편 산 을 보면 9층석탑보다도 한발 앞선 자리에 모양 없게 들어선 탑이 하나 있 다. 거지탑이다. 못생긴 이 탑은 마치 운주사라는 잔칫집 대문 앞에서 동 냥하듯 자리를 차지했다. 저런 거지 같은 게 무슨 매력이 있다고, 누군가 는 콧방귀를 뀔지도 모르겠다. 하지만 그 거지 같은 모양새야말로 거지 탑의 진정한 매력이다.

내가 볼 때 거지탑은 꾸미지 않아도 저절로 꾸며진 아름다움, 즉 무작 지작無作之作한 아름다움을 고스란히 갖추고 있다. 특히 탑 날개(옥개석) 를 보라. 넙적한 돌덩이를 다듬지 않고 본래 모양대로 갖다가 탑 몸에 앉 혔다(다듬어 앉힌 것이 닳아 버린 것일지도 모르지만). 하여 탑 날개의 모양 이 층층이 똑같은 것이 없다. 모나면 모난 대로, 깨진 건 깨진 대로 그냥 탑 몸에 올려놓았을 뿐이다. 네 귀를 딱딱 맞춰 반듯하게 다듬어 쌓은 다 른 석탑들은 동서남북 어디에서 보든 그 모양의 차이가 나지 않는다. 그 러나 이 대충 올려놓은 것 같은 거지탑은 보는 각도에 따라 탑의 모양새 가 모두 달라진다. 그것은 탑이라는 형식을 일거에 깨뜨려 버린 '파격의 미'를 제시한다.

애당초 탑이라는 종교적 기념물은 으레 한껏 멋을 내거나 최대한 솜씨 를 부려 아름다움을 뽐내는 게 정상이다. 그런데 거지탑만큼은 그런 탑

228

운주사 입구에서 바라본 탑들과 운주사 풍경.

의 관념을 완전히 벗어나 있다. 일찍이 나는 석가탑이나 다보탑, 감은사지 석탑에서도 느끼지 못한 '감동'을 이 자그마한 거지탑에서 받았다. 그것은 뒤통수를 한 대 얻어맞은 듯한 충격을 동반했다. 더 재미있는 사실은 운주사의 대표 탑이라는 9층석탑보다 이 거지탑이 한 발짝 앞에 나와 있다는 것인데, 만일 운주사가 하나의 배이고, 천불천탑이 선원이라 가정했을 때 가장 앞선 뱃머리에 거지가 올라탄 셈이다. 거지는 선원 중에 가장 미천한 자이며, 가장 못 배웠고, 가장 슬프고 가장 낮은 자이다. 또한 가장 외롭고, 가장 추우며, 가장 배고픈 자이다.

실제로 존재했던 천불천탑

아직 오지 않은 미륵은 바로 그런 자의 손을 가장 먼저 잡아 줄 것이다. 거지탑이 한발 앞에 나와 있는 까닭도 아마 그 때문일 것이다. 물론 이러한 가정은 내 생각일 뿐이며, 그렇게 여기면 거지탑은 훨씬 의미심장해지는 것이다. 절집에서 맨 뒤쪽에 자리한 항아리탑(원형구형탑)도 눈길을 끈다. 마치 집 뒤란에 항아리가 놓인 장독대가 있듯 항아리탑은 절 뒤란에 자리해 있다. 어떤 이들은 이 탑의 모양이 스님들의 공양 그릇인 발우를 닮았고, 밑에서부터 큰 그릇을 쌓듯 차곡차곡 쌓아 올린 거라고 말한다. 하지만 내가 보기엔 발우보다 항아리가 더 어울린다. 일제시대 때만해도 이 탑은 7층이었으나, 꼭대기 3개 층이 소실되어 현재는 4층만이 남

개인적으로 내가 운주사에서 가장 멋진 탑으로 꼽는 거지탑.

은 상태이다.

흔히 운주사의 석탑과 불상을 천불천탑이라 부른다. 1481년 발간된 『동국여지승람』과 1632년 발간된 『능주읍지』에는 "천불산에 석불과 석탑이 각 1000기씩 있었다"는 동일한 내용이 등장한다. 이는 천불천탑이 그저 많다는 의미가 아닌, 실제로 존재했음을 역력하게 증명하는 것이다. 이 많은 불상과 석탑이 소실된 결정적인 원인은 1598년 임진왜란에 이은 왜군의 2차 침략인 정유재란 때문인 것으로 알려져 있다. 이후 조사된 기록에는 석탑이 22기, 석불이 213기가 있었다고 하며, 현재는 이마저 확연히 줄어서 석탑 17기, 석불 80여 기만이 남아 있을 뿐이다.

그렇다면 모르긴 해도 옛날에는 거지탑 옆에 곰보탑이 있었을지도 모를 일이며, 그 옆엔 또 문둥이탑이, 또또 그 옆엔 앉은뱅이탑이 있었을지도 모르는 일이다. 현재 남아 있는 석탑이나 석불도 온전한 것이 드물다. 특히 돌부처는 불두만 남은 것이 많아서 본래의 자리도 찾지 못한 채 여기저기 배치돼 있다. 와불 가는 길에 만나는 머슴불이 그나마 원형이 온전하

1 탑날개마다 눈을 이고 서 있는 항아리탑.
2 폭설이 내려 청미래덩굴 붉은 열매에도 눈이 소복하게 쌓였다.

게 보전된 불상으로 꼽는다. 이름에서 알 수 있듯 운주사의 탑과 부처는 민간에서 부르는 이름이 따로 있다. 거지탑과 머슴불처럼 할머니 부처도 있고, 남편 부처도 있으며, 아기 부처도 있다. 아마 과거의 천불천탑도 제 각기 사람에게 붙이는 웬만한 별명을 다 갖고 있었을 것이다.

가수리의 벅수와 짐대

흔히 화순 하면 운주사와 함께 떠오르는 것이 고인돌이다. 화순의 고인 돌은 도곡면 효산리와 춘양면 대신리에 약 260여 기가 분포하는데, 이 중 에는 280여 톤에 이르는 엄청난 크기의 고인돌(대신리)도 만날 수 있다. 매몰되었거나 훼손되어 원형이 손상된 고인돌도 상당수에 이를 것으로 추정된다. 화순의 고인돌은 비교적 최근 발굴이 이루어진 탓에 고창이나 강화도에 비해 덜 알려진 것이 사실이지만, 그 고고학적인 가치와 규모 는 고창의 고인돌 밀집 지역과 견줄 만하다. 대신리에 자리한 280여 톤짜 리 거대한 고인돌도 외관상으로는 동양에서 가장 크다는 고창의 운곡리 고인돌(300여 톤)보다 오히려 더 커 보이고, 잘 생겼다.

화순에서 거지탑 다음으로 내 관심을 끈 것은 동복면 가수리에서 볼 수 있는 짐대와 벅수이다. 가수리는 검은 냇물이 흐른다는 뜻의 가무래라고 불리는데, 상가마을은 윗가무래, 하가마을은 아랫가무래라고 한다. 큰길 에서 들어가자면 아랫가무래의 동구에서 먼저 나무로 만든 벅수 2기를 만나게 된다. 벅수는 장승의 또 다른 이름으로 '법수' 라고도 한다. 나무 로 만든 벅수는 세월이 흐르면 썩게 마련이므로 옛날에는 몇 년마다 새

벅수를 깎아 세우고, 그때마다 벅수제(장승제, 정월 대보름날에도 이곳에서 당산제를 지냈다)를 지냈다. 아랫가무래의 벅수는 각각 동방대장군, 서방 대장군으로 불리는데, 동쪽이 할아버지, 서쪽이 할머니라고 한다. 지금 의 벅수는 1995년, 나무 중에 가장 오래 간다는 밤나무를 깎아 만든 것이 다. 다른 곳과 달리 이곳의 벅수는 마치 서로 마주 보며 인사하듯 허리를 비스듬히 굽힌 모양이다. 이곳과 비슷한 모양의 나무 벅수가 과거에는 개천사 어귀에도 서 있었으나, 지금은 형체를 알아볼 수 없을 정도의 벅 수 1기만 겨우 남아 있을 뿐이다.

아랫가무래를 지나 윗가무래 동구에 이르면 길 양쪽에 모두 5기의 짐 대(솟대)를 만나게 된다. 이 짐대의 역사는 약 200여 년 전으로 거슬러 올 라간다. 옛날부터 마을의 지형이 화기를 피할 수 없는 모양이고, 실제로 도 화재가 자주 발생해 짐대를 깎아 세웠더니 더 이상 화재가 발생하지 않았다고 한다. 그 유래가 어찌 되었든, 이곳의 짐대는 내가 보아 온 짐대 중에서는 으뜸이라 할 만하다. 소나무 장대에 올려놓은 오리와 대나무를 쪼개 늘어뜨린 오리 날개 모두 솜씨와 멋이 느껴진다. 마을에서는 해마 다 2월 초하루에 짐대제를 지내는데, 이때 썩어서 쓰러진 짐대나 오래된 짐대를 버리고 새로 짐대를 깎아 세운다. 푸른 하늘을 배경으로, 또는 붉 게 물든 황혼을 배경으로 장대에 올라앉은 오리의 실루엣을 보고 있으 면, 자꾸만 마음에선 푸드덕거리며 날개 터는 소리가 들려온다. 귓가에 잔잔하게 오리 울음소리도 들려온다.

가수리 상가마을의 짐대가 낮 달을 배경으로 솟아 있다.

여행일기

　　운주사엔 두 번 갔고, 두 번째는 폭설이 내린 다음날이었다. 폭설이 내릴 때 나는 부안에 있었고, 밤중에 폭설을 뚫고 화순으로 갔다. 여관에서 하룻밤을 보내고 아침에 운주사로 차를 몰아가는데, 밤새 내린 눈이 화순 들녘에 그득했다. 하지만 볕이 좋고 날이 푹해서 눈은 금세 녹고 있었다. 운주사에 도착했을 때에도 볕 바른 곳의 눈은 어지간히 녹아 있었고, 개천사를 거쳐 가수리에 도착했을 때는 눈이 거의 다 녹아서 좀 싱거웠다. 지난 초겨울에 왔을 때는 운주사에 들렀다가 고인돌 공원과 쌍봉사로 넘어갔다. ♀

여자만을 따라서

옹골찬
생계의 텃밭에서

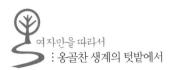

여자만을 따라서
： 옹골찬 생계의 텃밭에서

비릿한 바람을 따라 여자만으로 간다. 차창을 열고 숨을 들이쉴 때마다 갯것들의 질척한 사는 냄새가 난다. 한껏 바닥을 드러낸 갯벌에는 무수한 숨구멍들이 본색을 드러내기 시작한다. 온갖 날것들이 저곳에서 기고, 튀어나오고, 숨고, 먹고 먹히는, 삶의 전쟁과 휴식을 동시에 치러 내고 있다. 저만치 물이 빠져나가면서 뻘과 함께 살아온 장암리 혹은 대포리 아낙들은 생계의 텃밭인 갯벌로 뻘배를 밀고 나간다. 이들은 뻘배에 몸을 맡기고, 한쪽 발로 푹푹 빠지는 뻘을 밀어 10리도 가고 15리도 간다. 찰지기만 한 여자만 갯벌에는 옹골찬 참꼬막이 널리고 널려서 한번 들어가 한 가마니쯤 캐는 것은 일도 아니다.

여자만에서는 뻘배가 여자들의 자가용이고 트럭이다. 이곳에서는 무턱대고 갯벌에 들어갔다가는 낭패를 보기 십상이다. 뻘이 깊은 곳은 사람

해질 무렵 뻘배를 타고 일제히 돌아오는 아낙들의 모습은 실로 감동스럽다.

239

이 잠길 정도이고, 모래가 섞이지 않은 찰진 개흙이어서 발을 빼기조차 쉽지가 않다. 꼬막잡이에 나선 아낙으로서는 뻘에서의 기동성이 생산성으로 이어지는 데다 무거운 꼬막 자루를 나르려면 바닥이 넓적하고 기다란 뻘배가 더없이 실용적인 이동 수단이 된다. 뻘배에는 철사가 촘촘히 박힌 채취기를 매달아 배를 밀 때마다 꼬막이 걸리도록 해 놓았다. 어느 정도 걸렸다 싶으면 채취기를 털어 함지박에 꼬막을 쏟아 내는데, 함지박 하나를 다 채우면 무게가 15킬로그램 정도, 하루 꼬박 잡을 경우 쌀한 가마 분량인 80킬로그램까지 꼬막 자루를 채운다.

　물때에 따라 다르긴 해도 꼬막잡이는 보통 네댓 시간 이상이 걸리는 중노동이다. 그래도 참꼬막이 없으면 밥도 못 먹는다는 벌교 사람들이기에 일단 여자만에서 나온 참꼬막은 순식간에 동이 난다. 흔히 꼬막은 참꼬막과 새꼬막으로 나뉘는데, 벌교에서는 새꼬막을 '똥꼬막'이라 부를 정도로 푸대접을 한다. 새꼬막보다 훨씬 더 고소하고 담백한 것이 참꼬막인 데다 여자만의 옹골찬 뻘밭에서 여자들의 눈물겨운 노동으로 가져온 것이 참꼬막이기 때문이다. 새꼬막은 바다에 그물을 내려 꼬막이 달라붙으면 끌어올리는 방법으로 잡지만, 참꼬막은 뻘밭에 잠겨 있어 일일이 손으로 캐내지 않으면 안 된다. 새꼬막보다 참꼬막 값을 훨씬 더 쳐주는 까닭도 여기에 있다. 꼬막의 구별은 가장 먼저 껍데기의 세로줄을 보면 안다. 세로줄이 듬성듬성하고 깊이 패여 있으면서 두께가 두툼하면 참꼬막이고, 두께나 세로줄이 밍숭맹숭하면 새꼬막이다.

여자만의 자가용, 뻘배

　해질 무렵 뻘밭에 나간 아낙들이 뻘배를 타
고 일제히 돌아오는 모습은 실로 아름다움을
넘어 감동스럽기까지 하다. 나는 네댓 시간을
기다려 이 감동스러운 풍경을 대포리 갯가에
서 만났다. 먼 갯벌로부터 밀려들어 오는 뻘
배 군단의 상륙은 용감했고, 누구랄 것도 없
이 뻘흙으로 뒤범벅된 삶은 숭고했다. 갯가에
도착한 아낙들은 시멘트 시설을 한 간이 세척
장에서 꼬막 자루를 통째로 헹구어 내놓고,
옷과 얼굴에 묻은 뻘흙을 씻어 낸다. 기다리
고 있던 경운기가 꼬막 자루를 실어 나가면
그제서야 아낙들은 뻘배를 갯바위 근처에 매
어 놓고 집으로 돌아간다. 소설『태백산맥』에
보면, 서울에 머물던 김범우가 벌교에 내려와
감회에 젖는 장면이 이렇게 표현돼 있다.

　그는 숨을 들이켤 때 스르르 감겨진 눈을 그
대로 감은 채 숨을 토해 내며 고향의 냄새를 음
미하고 있었다. 갯내음과 땅내음이 어우러진
그 미묘한 냄새도 고향만이 주는 특이한 냄새
였다. 그 냄새 속에는 이상하게도 바람에 갈댓

241

잎 슬리는 소리, 기러기 울음소리 같은 것도 섞여 있는 듯 느껴지기도 했다. 분명 갯가이면서도 포구가 한정도 없이 길어 정작 바다는 멀리 밀쳐 두고, 민물 줄기를 따라 올라가면 반원을 그린 산줄기에 그 넓은 낙안벌을 품고 있는 고향은 언제나 두 가지 정취를 함께 느끼게 하는 풍광 아름다운 곳이었다.

조정래 선생이 말하듯 벌교는 갯내음과 땅내음이 어우러진 곳이며, 갯가이면서도 포구가 한정도 없이 길게 펼쳐진 여자만에 잇닿은 곳이다.

벌교에서 만난 남도여관 주인은 조정래 선생이 아들과 친해서 어린 시절에 자주 이곳에 놀러 왔다며 옛날 이야기를 들려주었다. 장난도 잘 치고 눈이 똘망똘망했던 그 아이가 소설가가 될 줄은 몰랐다고 여관 주인은 감회에 젖었다. 『태백산맥』에 나오는 남도여관이 바로 이곳인데, 아직도 여관은 옛 왜식 건물을 유지해 오고 있다. 소설에 등장하는 '소화다리'도 홍교 아래 그대로 남아 있다. 예부터 남도에서는 벌교 가서 돈 자랑, 주먹 자랑 하지 말라는 말이 있다. 이는 벌교가 여자만과 포구를 끼고 있어 일제 때부터 보성과 승주, 고흥과 순천 일대의 교통 중심지이자 상업 중심지였으므로 제법 돈이 흔했고, 내로라하는 주먹들도 꽤나 모여들었기 때문에 생겨난 말이다. 순천 가서 인물 자랑 하지 말고, 여수 가서 멋 자랑 하지 말라는 말도 여자만이 가져온 풍요와 관련이 깊은 말이었다.

벌교의 여자만은 순천으로 넘어오면 순천만이 된다. 고흥 쪽에 여자도라는 섬이 있어 고흥과 벌교, 여수 쪽에서는 여자만이라 하고, 순천에서는 순천만이라 한다. 이름만 다른 같은 만이지만, 어쩐지 여자만과 순천만의 어감은 사뭇 달라 보인다. 여자만이라고 할 때 좀 더 찰지고 옹골찬 느낌이 드는 것이다. 순천의 와온리는 벌교의 장암리와 대포리 같은 곳이다. 이곳에서도 뻘배를 타고 나가 참꼬막을 잡고, 새꼬막을 잡는 꼬막잡이 배도 10여 척이나 된다. 그러나 와온포구는 일몰 명소로 널리 알려져 많은 연인들과 사진가들이 찾아오는 관광지가 된 지 오래다. 아는 사람들은 일몰 명소로 와온포구보다 농주리 쪽으로 해안을 따라가다 만나는 앵무산을 찾는다. 여기에서는 순천만의 갈대밭 군락과 칠면초 군락지 사이로 흐르는 민물 줄기와 갯벌과 바다가 한눈에 다 내려다보인다.

퍼내도 퍼내도 줄지 않는 곳간

사실 순천만의 매력은 동천 서천(이사천)이 만나는 길목인 대대포구에서부터 시작된다. 대대포에서 화포 인근 갯벌까지 펼쳐진 이곳의 갈대밭과 칠면초 군락지는 우리나라를 찾는 겨울 철새들의 가장 안전한 월동지이자 가장 풍족한 먹이 창고이다. 흔히 갈대는 강물과 바닷물이 어우러지는 접점 갯벌에서 적수가 없는 우점종을 차지하고, 바다 쪽으로 한발 더 나아가면 칠면초가 우점종을 차지한다. 칠면초는 한 해 동안 일곱 번이나 색깔이 변한다 하여 붙여진 이름인데, 오랜 동안의 침수와 건조 상태에서도 잘 자라 그 서식 반경이 서·남해에 두루 걸쳐 있다. 영종도 갯벌이나 강화 갯벌, 순천만 등에서 불그스레하고 더러 자줏빛으로 빛나는 염생식물을 보았다면, 그게 바로 칠면초 군락이다. 국내 최대 규모인 순천만의 갈대밭은 약 30만 평에 이르며, 칠면초 군락지까지 포함한 순천만의 갯늪은 총 50여 만 평에 이른다.

순천 농주리 앵무산 가는 길에 내려다본 순천만의 저녁 풍경.

⋮

순천의 대대포구에서 강을 따라 바다 쪽으로 내려가면
엄청난 철새 도래지가 펼쳐진다.

겨울이면 이곳에는 흑두루미를 비롯해 황새와 고니, 저어새는 물론 흰뺨검둥오리와 혹부리오리 등의 진객들이 찾아와 겨울을 난다. 특히 최근에는 180여 마리의 흑두루미 떼가 순천만을 찾고 있어 새 전문가들을 흥분시키고 있다. 대대포 인근 갈대밭에는 탐조를 위한 원두막 시설이 되어 있지만, 상당수의 탐조객들은 대대포에서 동력선을 타고 물길을 따라가며 철새들을 관찰한다. 몇몇 새 전문가들은 탐조를 위한 동력선 운행에 반대하고 있다. 동력선이 내는 엔진 소리와 잦은 탐조 운행은 그 자체로 새들에게는 심각한 스트레스라는 것이다. 따라서 그들은 빈번한 동력선 운행을 제한하거나 무동력선을 운행해야 한다고 목소리를 높인다. 그러나 대대포구 선주들에게는 1인당 3만 원 이상씩 받는 뱃삯이 겨울철 짭짤한 소득이므로 몇몇의 목소리는 텅텅거리는 동력선 엔진 소리에 묻혀 버리고 만다.

순천만은 보성과 순천, 고흥과 여수 땅을 폭넓게 에두르며 뭍으로 우묵하게 들어와 있다. 바다이면서 뻘밭인 순천만은 이곳 사람들에게 가도 가도 푹푹 빠지는 늪이었지만, 퍼내도 퍼내도 줄지 않는 곳간이기도 했다. 하지만 오늘날 순천만의 갯벌은 본래부터 있던 갯벌의 20퍼센트에 불과하다. 일제시대 때부터 간척 사업을 벌여 갯벌을 들로 만들었고, 경제개발시대에도 여기저기 갯벌을 메워 오늘에 이르고 있다. 대규모 간척 사업은 대대포 쪽으로 흐르는 동천과 이사천의 기능을 사실상 마비시켰으며, 주변에 축사가 들어서면서 걸러지지 않은 똥오줌이 그대로 하구와 갯벌로 흘러들고 있다. 순천산업단지에서 나오는 기름과 독성 물질도 순천만을 위협하는 심각한 오염원이다. 지금까지 이 모든 오염원을 정화하고 하수처리장 노릇을 해 온 것은 자연 그대로의 갈대밭과 칠면초 군락지이다. 그러나 언제까지 순천만이 거대한 자연의 정화조 노릇을 해 줄지는 미지수다.

여행일기

여자만 대포리 바닷가에서 작은 해프닝이 있었다. 이름 하여 공룡 알 사건. 동행했던 사진가와 나는 해변의 퇴적층 암석지대에서 공룡 알로 보이는 화석(?)을 발견하게 된 것이다. 전시관 등에서 보았던 공룡 알 화석과 흡사했던지라 우리는 이것이 공룡 알일 것이라 거의 확신하고 있었다. 하여 대전에 있는 공룡 전문가인 이융남 박사에게 전화를 걸어 한번 같이 가 보지 않겠느냐고 했다. 이융남 박사도 흔쾌히 그러자고 해 우리는 함께 대포리 해변을 다시 찾았다. 그러나 결과는 공룡 알이 아닌 것으로 판명되었다. 이융남 박사에 따르면 그것은 석회 물질이 뭉쳐진 덩어리에 불과하다는 것이다. 가끔 비슷한 제보가 들어와 대부분 그냥 넘어갈 때가 많지만, 이곳은 공룡 알 화석지인 비봉리와 불과 30여 킬로미터 정도밖에 떨어지지 않은 데다 지층도 그곳과 비슷한 퇴적층이기 때문에 확인이 필요했다고 그는 덧붙였다. 공연한 제보로 헛걸음을 시켜 고개를 들 수 없었지만, 사람 좋은 이융남 박사는 그저 허허 웃으며 가는 길에 커피나 한잔 하자고 했다. 커피를 마시며 그는 내게 공룡에 대한 최근의 많은 상식과 정보를 건네주었다. 공룡 알 사건이 없었다면 그를 만날 수도 없었으니, 어쩌면 내게는 그 사건이 행운의 사건인 셈이었다. 🌱

248

진도 해안을 따라서

길 끝에서 만나는
비릿한 풍경

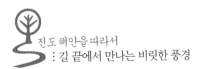

진도 해안을 따라서
: 길 끝에서 만나는 비릿한 풍경

　　해남 지나 진도대교를 넘어갈 때 난분분 내리던 눈이 폭설로 바뀌었다. 여러 번 진도에 왔지만, 이런 눈 구경은 처음이다. 그러나 눈은 진도의 따뜻한 해풍을 견디지 못해 진눈깨비가 되었다가는 땅 위에서 맥없이 녹아 버리고 만다. 겨울 배추 밭이며 대파 밭에 내리는 눈도 별 수 없다. 울돌목(명량해협)의 사나운 물살에 빠지는 눈발만이 밍숭맹숭한 시야를 흔들어 놓을 뿐, 진도에서의 생경한 설경은 이토록 싱겁기만 하다. 하긴 저렇게 오는 폭설이 녹지 않고 쌓인들 갈 길이 먼 나그네에게는 그리 반가울 리도 없다. 녹진전망대에서 눈발 날리는 것만 한참 바라보다 눈이 잦아들고서야 나는 자동차 시동을 건다.

　　진도와 해남을 연결하는 18번 국도는 정확하게 진도의 한가운데를 종으로 가로지른다. 이쪽 끝이 진도대교이고, 저쪽 끝이 팽목항이다. 그러나 진도의 진면목은 18번 국도를 벗어나 자잘하게 뻗어 있는 길들과 그 길 끝에서 만나는 마을과 해안과 갯벌에 산재한다. 가령 남도국악원 앞의 귀성리와 죽림리로 넘어가는 해안 절경이라든가 용장리 길가에 나앉은 천덕꾸러기 선돌이라든가 벽파마을의 무너진 흙집을 만나는 일은 운림산방이나 세방낙조를 구경하는 것에 비길 바가 아니다. 솔직히 나에게는 신비의 바닷길이 열리는 회동 바다보다 송정리 삼거리 100년이 넘었다는 '만정상회'가 더 눈길이 간다. 낡은 간판을 달고 길 아래 눌러앉은 만정상회는 내게 외롭고 지친 근대의 풍경을 흑백사진처럼 보여 주었다.

목적 없는 목적, 계획 없는 계획

어느 가을엔가 진도를 찾았을 때, 나는 아주 인상적인 풍경을 구경한 일이 있다. 장날이었는데, 몇십 년은 묵었을 두루마기와 저고리를 차려입은 노인 내외가 손을 꼭 잡고 장터를 벗어나 버스 정류장으로 걸어가는 모습이었다. 그게 보기 좋아서 나는 한참을 그곳에 서서 두 분이 하는 양을 그저 구경만 하였다. 결국 노인 내외가 버스에 오른 뒤에야 나는 내 목에 사진기가 걸려 있다는 것을 깨달았다. 10여 분 동안은 멀거니 사진 찍을 생각도 않고 바라만 보았던 것인데, 진도에 올 때마다 나는 사진 찍지 않은 그 모습이 언제나 떠오르곤 했다. 사실 지금까지의 나는 남는 게 사진밖에 없다고 어디에서건 셔터를 난사하곤 했다. 여행이 꼭 증거를 남겨야 할 필요가 없는데도 나는 종종 필름보다 '인화된 기억'이 훨씬 더 수명이 길다는 사실을 잊어버리곤 했다.

디지털 카메라의 데이터란 것도 그렇다. 그것은 분명 오래된 기억보다 취약하다. 바이러스나 시스템 오류 앞에서는 속수무책이다. 그럼에도 디지털 카메라가 보편화된 요즘의 여행은 어쩐지 여행의 본질마저 디지털화하고 있다는 느낌을 지울 수가 없다. 여행이란 것이 분명한 현실이며 아날로그 행위임에도 불구하고 그것은 끊임없이 확대 재생산되어 데이터를 클릭하는 것만으로도 가능한 가상현실이 되어 가고 있는 게 현실이다. 실체가 없는 여행은 사실상 존재하지 않는 여행이다. 땅을 밟지 않고는 땅의 푸슬함을 느낄 수 없고, 갯벌에 나가지 않고는 비릿한 해풍을 맛볼 수 없다.

여행旅行이란 나그네처럼 나아가는 것이다. 그곳이 꼭 관광지일 필요는 없다. 여행은 예측 불허한 것이며, 변화무쌍한 것이다. 그러므로 여행을 온 나의 목적은 목적이 없는 것이고, 아무것도 계획한 것이 없는 것이 나의 계획이다. 나는 여행이 나를 풍요롭게 하거나 좀 더 인간답게 만든다고는 생각하지 않는다. 설령 그렇더라도 그런 생각은 여행에 별 도움이 되지 않는다. 다만 낯선 풍경과 바람, 어디서 끝날지 모르는 길, 처음 보는 사람들과의 악수, 생경한 곳에 던져진 이 '던져졌다는 느낌'이 나를 또 다른 곳으로 밀어 갈 뿐이다. 길은 여행하는 순간부터 꿈틀거리며 휘어지고 솟구친다. 길의 탄력과 가속도는 순전히 여행자의 신명과 통해 있다.

진도에는 해안 일주 도로가 존재하지 않는다. 물론 바다 쪽으로 나간 옹색한 지방도를 따라가다 보면, 겨우겨우 해안을 한 바퀴 돌아볼 수는 있다. 진도대교를 건너 왼쪽(동쪽)으로 가면 벽파항·오산리·회동·금갑리·송정리를 차례로 만날 수 있고, 오른쪽(서쪽)으로 가면 군내 저수지와 소포리, 세방낙조 전망대로 간신히 길은 이어진다. 바다를 막아서 제방(나리방조제)을 쌓은 군내 저수지는 언제부턴가 숨겨진 철새 도래지가

1 아침 무렵 진도읍에서 팽목항으로 가다가 만난 진도 들판의 가을.
2 남도석성과 석성 너머로 보이는 다도해 풍경.

되었는데, 겨울이면 수십 마리 고니가 날아와 진도에서는 이곳을 '백조의 호수'로 부르고 있다. 그러나 우리에게 익숙한 '백조'라는 말은 잘못된 것이다. 백조白鳥는 그저 흰 새일 뿐인 데다 일본식 명칭이고, 엄연히 '고니'라는 어여쁜 우리 이름이 있다.

'우아한 자태'라는 말은 고니에게 가장 어울리는 말이다. 군내 저수지가 얼어붙는 1월쯤이면 녀석들은 행동의 폭이 좁아져 가까이에서도 고니의 우아한 행렬을 관찰할 수 있다. 그러나 너무 가까이 접근하면 녀석들은 끄억끄억 경계음을 울리며, 날아오를 채비를 한다. 나는 이런 한심한 경우도 목격했다. 내가 군내 저수지에 이르렀을 때, 꽤나 비싼 카메라를 맨 어떤 사진가가 날아오르는 고니 사진을 찍으려고 돌을 던지고 있었다. 내가 나타나자 그는 슬며시 자리를 피했다. 이런 식으로 녀석들에게 스트레스를 줄 경우 녀석들은 다시 군내 저수지를 찾아올지에 대해 심각한 고민에 빠지게 될 것이다. 내가 생각하는 사진이란 주어진 환경과 조건에서 최선을 다하는 것이지, 물리적인 조건을 만들어 최상을 만드는 작업은 결코 아니라고 본다.

소포리 노래방의 생음악과 생춤

저녁이 되면서 한동안 그쳤던 눈은 다시 폭설로 바뀌었다. 갯마을인 강리 동헌마을에 들러 갓 구운 굴로 저녁을 때우고, 밤이 이슥해서야 소포리에 도착하였다. 소포리는 소리마을이다. 소포리 마을회관은 이른바 '소포리 노래방'으로 불리는데, 말 그대로 이곳은 소포리 사람들이 노래

254

하고 춤추는 곳이다. 그러나 이곳에서 도심의 노래방 시설을 연상해서는 곤란하다. 이곳에서는 노래방 기계를 틀어 놓고 노래하지 않는다. 처음부터 끝까지 생음악이고, 생춤이다. 소포리 사람들은 어지간하면 소리 한 대목쯤은 다 불러 제낄 줄 안다. 그들이 부르는 육자배기와 남도잡가는 막 건져 온 굴 회처럼 맛깔스럽다. 몇 순배 노래가 돌고 홍타령이 나올 때쯤이면, 사람들은 저절로 엉덩이를 들썩이다가 그예 일어나 어깨춤을 추기 시작한다.

진도 사람들에게 홍타령은 한타령이다. 고단한 삶과 한을 홍겨운 노래로 달래고 삭인 것이 홍타령이다. 이들의 홍타령을 듣고 있노라면 때로 목이 메고, 눈가가 젖는다. 가만 들어 보면 이 즉흥적인 노랫말이 꽤나 시적이다.

들리나니 파도소리
보이나니 만경창파
낮이 되면 고기잡이
밤이 되면 갈매기 소리
들어가며 살고 싶네.

1 남도석성에서 만난 새끼 진돗개가
홀로 집을 지키고 있다.
2 소포리 김내식 씨는 40년 넘게 북춤을 추어 왔다.
그가 양손으로는 북을 치고, 다리와 어깨로는
춤을 추고, 입으로는 노래를 부르고 있다.
3 용장리 길가에 나앉은 선돌 너머로
경운기 한 대가 지나가고 있다.

255

어떤 대목은 서정적이고, 어떤 대목은 격정적이다. 슬픈 대목에선 느리고, 기쁜 순간에는 빨라진다. 한편으로 율격을 맞춘 정형시 같지만, 부를 때마다 달라지는 노랫말은 정서의 파격을 보여 준다. 그러다가 "아이고 데고 어허흐~ 성화가 났네 에에~"로 끝나는 후렴구에 이르면 그 어떤 신세 한탄도 어느새 흥으로 바뀌어 있다.

노래방에선 노래만 부르는 것이 아니다. 소포리에서는 진도 특유의 농악인 '걸군농악'을 100여 년 동안 이어 오고 있는데, 다른 곳과 달리 북춤이 중요한 위치를 차지한다. 이곳의 북춤은 양손으로 북을 치는 게 특징이고, 힘이 넘치고 투박한 소리가 매력이다. 이 마을에서 40년 넘게 북춤을 추어 왔다는 김내식 씨(68)가 양손으로는 북을 치고, 다리와 어깨로는 춤을 추고, 입으로는 노래를 부르며 자유분방한 북춤을 펼치자 홍복동 노인(76)은 50년 동안 해 온 상모돌리기를 작정하고 선보인다. 이에 질 수 없다는 듯 마을 아낙들과 할머니들은 흥겨운 진도아리랑 합창으로 노래방 분위기를 장악해 버린다. 자정이 가까워서야 노래방 노랫소리는 잠잠해지고, 밖에서는 한바탕 술판이 벌어진다. 남자들이 숯불에 삼겹살을 구워 내면, 여자들은 진도의 특산주인 홍주(홍주 명인으로는 진도읍에 사는 허화자 노인이 유명함)을 내오고 배춧속을 내온다. 낮에 밭에서 뽑아 온 배추는 한두 겹만 벗겨 내면 그대로 삼겹살을 싸 먹는 쌈으로 제격인데, 속살이 두터운 진도의 겨울 배춧속은 된장에 그냥 찍어 먹어도 달큼하고 고소하며, 입 안이 다 시원하다.

소포리 마을회관은 나그네에게는 여관이고, 여인숙이다. 시끌벅적했던 노래방은 모든 음주가무를 끝내고서야 적막해졌다. 불 다 끄고 누워서

나는 눈 내리는 소리를 듣는다. 내린다기보다는 몰아친다는 표현이 더 어울리는 눈발로 밤새 창가는 사륵거린다. 아침에 일어나 보니 제법 눈이 수북하게 쌓였다. 해가 나면서 지붕을 덮었던 눈이 녹아내려 골목에는 낙숫물 소리가 가득하다. 아침도 지나 느지막이 울돌목 바다에 이르러 명량명량 들려오는 물소리도 듣는다. 운림산방이며 남도석성은 지난가을과 여러 해 전에도 몇 번이나 둘러보았으니, 오늘은 여기서 한참 놀다 가도 되겠다.

1 진도읍에 사는 홍주 명인 허화자 노인이 장작을
들고 홍주를 내리는 부엌으로 들어오고 있다.
2 운림산방 살창에 겨우 드리운 빛이
부엌의 그릇을 비추고 있다.

여행일기

진도 읍내에는 홍주 명인 허화자 노인(77)이 산다. 내가 찾아갔을 때 할머니는 마침 술을 내리고 있었다. 그것도 부뚜막에 고조리를 얹어 아궁이에 장작불을 지펴 옛날 방식 그대로 말이다. 홍주는 소주를 내릴 때 지초(해독, 이뇨 효과)라는 약초 뿌리를 사용하는데, 고조리(고소리, 소줏고리)를 통과한 술이 지초를 거쳐 방울방울 술통으로 떨어지면서 술의 빛깔은 붉은색을 띠게 된다. 이때 지초의 성분도 함께 뒤섞인다. 홍주는 40도를 웃도는 술이지만, 뒤끝이 깨끗하고 구수하며, 약간 쓴맛이 돈다. 입 안에 잔자누룩한 잔 맛이 오래 도는 것도 홍주의 특징이다. 🌱

청풍에서 숫대거리까지

호반을 따라가는
70리 에움길

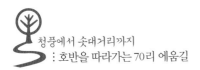

청풍에서 숫대거리까지
: 호반을 따라가는 70리 에움길

산 아니면 물, 물 아니면 산. 그 사이로 한줄기
바람 같은 길이 흘러간다. 길이라면 무조건 포장하고야 마는 나라에서
이토록 긴 비포장 길을 만난다는 건 분명 행운이다. 그래서 나는 마냥 이
길이 좋다. 먼지가 날리고, 자갈이 튀고, 덜컹거려도 나는 그 불규칙한 굴
곡과 거친 느낌이 좋다. 가끔은 내 삶도 이렇게 구부러지고 튀어 오르면
서 한번쯤 덜컹거리는 나를 확인하고 싶다. 밋밋한 나를 튕겨 내고 싶다.
청풍으로 빠지기 직전에 금성면에서 호수를 따라 숫대거리까지 내내 털
털거리며 가는 길. 몇 번이나 지나친 이 길은 이제 내게는 너무 익숙해서
그 샛길이며 굴곡이며 집들을 다 기억할 판이다.

내가 이 길을 처음 만난 것은 5년 전 여름이었다. 본래는 청풍문화재단
지나 그냥 가볍게 둘러본다는 것이 정작 이 길로 새고 말았다. 청풍문화
재단지는 그 전에도 여러 번 왔던 터라 새삼 새로울 것이 없었다. 거기에
는 누각도 있고, 초가도 있고, 손때 묻은 갖가지 세간과 농기구도 있었지

260

:

낚시꾼을 위한 판잣집 수상 가옥이 드문드문 떠 있는 충주호 풍경.

만, 내 눈에는 그것들이 마치 무덤 속의 부장품만 같았다. 사실 문화재단지에 전시된 여러 집들과 세간들은 과거 수몰 지구에서 옮겨 온 것이 대부분이다. 수몰 지구의 삶은 수몰되는 순간 끝난 것이다. 이렇게 옮겨 놓았다고 해서 절대 부활하는 것이 아니다. 20여 년 전 충주댐이라는 거대한 다목적댐은 단양에서 충주로 이어지는 강줄기에 젖줄을 대고 살던 강마을 사람들을 하루아침에 실향민으로 만들어 버렸다.

무수히 흘러간 옛날의 강물

농사밖에 몰랐던 순박한 사람들은 너무나 순진하게 고향에서 쫓겨났다. 대도시의 변변한 집 한 채 값도 안 되는 보상금을 받아 들고 서울로, 충주로, 단양으로 뿔뿔이 흩어졌다. 한 푼이라도 더 받으려는 요즘의 시민들처럼 거리로 나가 데모할 줄도 몰랐고, 부당하다고 말 한마디 할 줄 몰랐다. 군사 독재 시절이었고, 흑백 텔레비전을 통해 광주 항쟁 소식을 접한 터라 말 한마디 잘못 하면 영창 가는 줄로만 알았다. 이삿짐 싸듯이 입까지 꽁꽁 동여맨 수몰민들은 그렇게 쫓겨났고, 그들이 떠난 삶터는 곧바로 수장되어 오늘날의 충주호가 되었다. 평생의 터전과 대물림으로 내려온 논밭과 선산을 다 버렸지만, 그들에게 남은 것은 턱도 없이 부족한 보상금 몇 푼과 피난민처럼 낯선 도시에 적응하는 일이었다.

나 또한 중학교 2학년 때 수몰민이 되어 고향에서 쫓겨난 장본인이다. 저 강물을 보고 있으면, 그 옛날 학교에 가기 위해 매일 아침 나룻배를 타던 기억이 밀려오곤 한다. 한쪽 팔이 없던 사공은 늘 10분씩 늦던 나를 기다렸다가 배로 건네주곤 하였다. 나루터에서 15리는 더 신작로를 따라 걸어가야 했던 학교. 학교에서 돌아와 다시 나루터에 서면 동네 아이들은 합창하듯 '배 건너와요'를 외쳤다. 그러면 어김없이 건너편에서는 외팔 사공이 천천히 삿대를 질러 우리들 앞에 배를 갖다 댔다. 그때만 해도 마치 구원을 기다리듯 '배 건너와요'만 외치면 언제든 나를 향해 건너오는 뱃사공이 있었다. 아직도 나는 그 옛날 외팔 사공이 어떻게 그 넓은 강을 삿대와 노를 저어 건너올 수 있었는지 이해할 수가 없다. 나의 멀쩡한 두 팔은 지금 나룻배도 젓지 않는데, 이토록 뻐근하지 않은가 말이다.

그 시절에는 시간이 매우 느리게 흘러갔다. 아버지와 어머니는 오늘도 밭에 나갔고, 내일도 밭에 나갔으며, 저녁에는 어김없이 소를 몰고 돌아왔다. 일요일도 월요일과 다를 게 없었고, 오늘도 어제와 다를 게 없었다. 나는 지각없이 학교를 잘 다녔고, 저녁에는 등잔불 밑에서 연필에 침 묻혀 가며 숙제도 했다. 그러나 수몰민이 되어 낯선 도심에 뚝 떨어져 나온 순간부터 시간은 너무나 빠르게 흘러갔다. 달구지처럼 덜컹거리던 시간이 갑자기 버스처럼 획, 하고 지나가는 것이었다. 나는 곧바로 대학에 갔고, 군대를 갔으며, 직장을 때려치웠다. 그리고 순식간에 여기까지 와서 무수히 흘러간 옛날의 강물을 보고 있는 것이다.

어쨌든 수몰민인 내게 금성에서 솟대거리까지 이어진 이 길은 호수의 굴곡을 그대로 따라가는 에움길의 매력만큼이나 숨겨진 내력으로 짠한 길이다. 길은 30킬로미터가 훨씬 넘게 먼지 날리는 비포장으로 금성면 진리를 지나 황석리·후산리·사오리·부산리·오산리·만지·지동리까지 내내 이어진다. 물론 사오리 인근의 일부 구간은 포장을 해 놓은 상태이고 점점 포장 구간이 늘어날 것이지만, 현재까지는 이렇게 길고 아름다운 비포장 길을 본 적이 없다. 하늘에 뜬 구름 몇 점도 호수에 떠서 느릿느릿 제 몸을 밀고 간다. 봄이면 길가에는 생강나무꽃과 산수유, 갯버들과 산버들이 환하게 피고, 가을이면 마타리, 구절초, 벌개미취와 들국을 지천으로 만난다. 이따금 만나는 담배 건조실은 오랫동안 돌보지 않아 하나같이 무너져 있다. 원체 튼튼하지 못한 흙벽집인 데다 이제는 담배 농사를 짓지 않으니 당연하다.

부산리나 오산리쯤에서 바라본 호수 풍경은 바다처럼 장쾌하다. 때로 호수에 뜬 몇 개의 작은 섬들이 몽환적인 풍경을 자아내기도 한다. 몇 년 전 봄에 나는 이 길을 걸어서 넘은 적이 있다. 충주시 동량면 지동리에서부터 금성면 진리까지 70리 넘는 길을 혼자서 타박타박 넘어왔다. 아침 늦게 출발해서 저녁에 도착했다. 사서 고생치고는 심한 고생이었지만, 차를 타고 덜컹거리며 넘을 때와는 전혀 다른 감촉이 느껴졌다. 그 감촉은 처음 발바닥으로부터 전해져 왔지만, 점점 온몸으로 퍼져 내 모든 감각을 열리게 했다. 보이지 않던 것이 보이고, 들리지 않던 것이 들리는, 걷지 않으면 경험할 수 없는 많은 것들을 온몸으로 감지하며 나는 지칠 때까지 내 몸을 이끌었다. 때로 다리가 아팠고, 때로 마음이 아팠다. 걸어서는 갈 수 없는 물속의 고향이 발아래 있었기 때문만은 아니다. 그냥 바라만 봐도 가슴이 미어지는 풍경이 있다. 가령 갯버들 흐드러진 강변에 움길을 돌아 마실 가는 할머니의 뒷모습 같은.

⋮

부산리 인근에서 만난 호수 풍경.

그늘 한 평 들여놓고 싶다

처음 이 길을 지날 때는 부산리란 마을에서 고창운 노인을 만났다. 당시 92세였던 노인은 귀가 어두워 나는 입을 바싹 들이밀고 큰 소리로 외쳐야 했다. 내가 "여기 혼자 사세요?" 하고 외치면, 노인은 "여기 혼자 왔어?" 하고 동문서답했다. 늙은 나이에도 그는 혼자 밥해 먹고, 토종벌도 치고, 심지어 옥수수 농사도 짓는다고 했다. "연세가 어떻게 되세요?" "적적해두 할 수 없쥬. 내 손으로 밥 끓여 먹으며, 사는 게 다 그렇쥬 뭐." 90 노인의 사는 게 다 그렇다는 평범한 경구가 내 귀에는 평범하지 않게 들렸다. 내가 다시 걸어서 이 길을 지날 때 그 노인은 집에 없었다. 마당에는 잡풀이 우거져 있었고, 문짝은 뜯겨져 마루에 나뒹굴고 있었다. 노인의 사는 게 다 그렇다는 말만 귓속에 윙윙거렸다. 나는 마을에서 만난 사람들에게 노인의 행방을 묻지 않았다. 사는 게 다 그런 거니까.

부산리는 며느리산(婦山) 밑에 있다고 붙여진 이름이다. 풀어서 말하면 며느리 마을이 되는 셈인데, 그 때문인지 부산리에서는 산제당에 여신을 모신다. 다른 마을과 달리 당산제도 한여름인 7월 초하루에 지낸다. 날을 잡고 제주를 뽑으면 그 사람은 파리 한 마리도 잡을 수가 없다. 새끼로 금줄을 두른 성황 나무 밑에서 만난 지수영 씨(66)는 바로 앞 고추 밭에서 고추를 따다 나와 묻지도 않은 당산제 이야기를 드문드문 털어놓는다. 그가 담배를 한 대 피우는 동안 느티나무의 커다란 그늘은 그의 얼굴에 송송 돋아난 땀을 다 식혀 준다. 성황 나무 그늘에서 나도 땀에 젖어서 온 내 몸을 한참이나 말렸다. 내 삶에도 이런 그늘 한 평 들여놓고 싶다, 나는 느티나무를 떠나며 중얼거렸다.

⋮
1 황석리 호숫가 비탈에는 할미꽃이
꽃밭을 이룬다.
2 충주호반 에움길에서
이따금 만날 수 있는 생강나무꽃.

부산리 오산리 지나서 만나는 만지에는 이제 사람이 살지 않는다. 만지는 말 그대로 가득 찬 연못이란 뜻이다. 마치 수몰될 것을 미리 알고 지은 땅 이름 같다. 길은 만지를 지나쳐 지동리에 이르면 기나긴 비포장 구간이 끝난다. 지동리의 커다란 느티나무가 마치 비포장 길이 끝난 것을 알리듯 아스팔트와 흙길의 경계에 우뚝 서 있다. 여기서 포장도로를 타고 조금만 더 가면 이제 하곡마을 솟대거리가 나온다. 마을 길가에 마치 가로수처럼 즐비하게 솟은 것들은 다 솟대다. 이는 모두 조각가 윤영호 씨(59)가 만들어 세운 것들이다.

그가 이 마을에 들어와 솟대를 세우기 전부터 하곡마을은 '솟대거리'라는 이름으로 불리고 있었다. 그는 이 사실을 모른 채 마을 곳곳에 솟대를 세우기 시작했고, 그것을 본 마을 노인들은 여기가 옛날에 솟대거리였다는 사실을 일러 주었다. 우연치곤 기막힌 우연이다. 현재 '하늘이 열리는 곳'이라는 뜻의 개천안 자리가 바로 옛날부터 솟대를 세워 오던 곳이란다. 하여 그는 이 자리에 과거에 있던 열두 개의 자연 마을을 상징하는 열두 대의

267

솟대를 세웠다. 이 열두 대의 솟대는 반은 호수를 향하고, 반은 산을 바라본다. 농사가 잘 되라는 뜻에서 풍요를 뜻하는 물 쪽으로 반을 두고, 인재가 태어나 마을을 빛내라는 뜻에서 반은 산 쪽으로 머리를 둔 것이다. 열두 대의 솟대를 세우면서 하곡마을 거리에는 본격적으로 솟대가 생겨나기 시작했으며, 오늘날 그 숫자는 50여 대 이상으로 늘어났다. 오랜 옛날 솟대를 세워 성역을 표시했던 곳을 '소도'라 불렀던 것처럼 그는 하곡마을을 현대의 '소도'로 꾸며 가고 있는 셈이다.

본래 윤영호 씨는 판교에 작업실을 두고 있었다. 그러나 난개발로 주변 환경이 어수선해지자 몇 년 전 이곳으로 들어와 호숫가 빈 흙집에 작업실을 차렸다. 그가 빈집에 손을 대기 시작하면서 이 집은 솟대공원으로 변하기 시작했고, 마을은 솟대마을로 불리기 시작했다. 하늘이 열리는 곳에 터를 잡은 탓인지 그의 집에서는 유난히 하늘이 넓어 보인다. 그 넓은 하늘을 담은 호수는 집 앞으로 유유히 흘러가고, 그가 깎아 놓은 새 떼들도 표표히 허공을 떠다닌다. 마을과 마을을 이어 주는 길이 있듯이 솟대는 인간의 영혼과 소망이 하늘에 이르는 길이다. 옛날 사람들은 장대 끝에 앉은 오리가 인간의 소망을 물고 하늘로 올라간다고 믿었다. 나는 내일의 공평무사를 마음으로 빌며 인근의 민박집에 여장을 풀었다.

솟대거리인 하곡마을 개천안 솟대.

여행일기

솟대거리 과수원에서 만난 사과나무가 날 유혹했다. 그래서 나는 과수원 주인에게 5000원어치 사과를 샀다. 주인은 크고 빛깔 좋은 사과를 여남은 개나 주었고, 덤으로 찌그러진 사과를 몇 개 더 얹어 주었다. 수돗가에서 나는 그것을 깨끗이 씻은 다음 차에 실었다. 그것은 제천과 단양을 여행하는 이틀 동안 든든한 내 식량이 되어 주었다.

월악산 봄 숲

봄바람에
새순 냄새가 난다

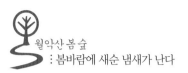

호숫가에 연분홍 복사꽃이 피었다. 갓길에 차를
세우고 한참 복사꽃 구경을 한다. 반대편 산기슭에는 산벚꽃이 피어서
계곡이 다 환하다. 월악나루 지나면 송계계곡은 더욱 봄이 깊다. 산수유
인가 싶은 노란 꽃들이 드문드문 미륵사지 가는 길에 피었다. 가까이에
서 들여다보니 생강나무꽃이다. 다닥다닥한 산수유 꽃송이보다 훨씬 탐
스럽고 점잖다. 신기해서 이리 보고 저리 보고 사진도 찍는다. 껍질을 살
짝만 벗겨도 생강 냄새가 난다고 해서 손톱으로 가지에 손톱만큼 흠집까
지 내어 냄새를 맡아 본다. 정말 생강 냄새가 난다. 솔직히 나는 생강 냄
새를 싫어하지만, 생강나무에서 나는 생강 냄새는 그리 싫지가 않다.

차를 주차장에 버려두고 나는 덕주골로 오른다. 산살구, 개복사, 산벚
꽃에 월악산 아랫도리가 희부옇게 물들었다. 숲이 깊어질수록 그늘도 깊
어진다. 산 아래 나무들은 제법 봄물이 올라서 가지마다 갓난아기 혓바
닥만 한 잎을 내밀고 있다. 바람에 살랑거리는 봄의 연한 잎을 보고 있자

272

1 산수유보다 훨씬 탐스럽고 아름다운 생강나무꽃.
껍질을 살짝만 벗겨도 생강 냄새가 난다.
2 바위 틈에서 흰 꽃을 피운 이것은 꽃만 봐서는
매화말발도리인지 바위말발도리인지
구분하기 어렵다.
3 어떤 봄꽃보다도 아름다운 물푸레나무의 새순.

면, 어쩐지 나무의 혀가 향긋한 봄바람을 맛
보는 것만 같다. 덕주사를 지나 영봉으로 올
라가는 계곡에는 막 새순을 피운 물푸레나무
가 볼 만하다. 어떤 나무는 벌써 연하고 순한
새순을 늘어뜨리고 있고, 어떤 나무는 이제
가지 끝에 밤알만 한 크기의 꽃 수술처럼 생
긴 것을 매달고 있다. 그것은 금방이라도 터
져서 새순으로 돋아날 태세다. 사실 물푸레나
무를 비롯한 몇몇 나무의 새순은 이맘때 피는
봄꽃보다도 어여쁘다. 바람이 가지를 흔들 때
마다 쟈스민 같은 새순 냄새가 난다.

잎 물결 속으로 번지는 산벚꽃

연한 새순을 부비고 온 봄바람에서는 다 새
순 냄새가 난다. 계곡을 버리고 비탈진 능선
으로 올라서자 갈참나무도, 서어나무도 막 새
순이 돋았다. 어디선가 한두 번은 마주쳤을
어떤 나무는 여기저기 바위틈에서 흰 꽃을 피
우고 있다. 나중에 집에 와서 찾아보니 매화
말발도리인지 바위말발도리인지 좀 헷갈린
다. 묵은 가지에서 꽃 피는 게 매화말발도리

덕주사 마애불 앞에 씨를 뿌려 놓은 듯 빼곡하고 앙증맞게 핀 봄맞이꽃.

이고, 새 가지에서 꽃 피는 게 바위말발도리라고 하는데, 찍어 온 사진만 보고는 구분이 잘 가지 않는다. 숲의 전문가가 아닌 이상 척 보고 그 이름을 알아맞히기는 쉽지가 않다. 어쨌든 꽃은 꼭 개나리나 미선나무꽃처럼 생겼지만, 그보다는 작고 더디게 달렸다.

영봉 중턱에는 덕주사 마애불(보물 제406호)이 갖가지 봄꽃에 둘러싸였다. 약 13미터 높이의 바위 면에 새겨진 마애불은 고려시대의 것으로 알려져 있는데, 전설에는 마의태자의 누이인 덕주공주가 새겼다고 한다. 얼굴도 크고, 눈과 코도 큼직한 게 전체적으로 투박하고 거칠다. 본래 마애불의 매력이 바로 이런 꾸미지 않은 소박함에 있는 것이다. 마애불 왼쪽 바위 절벽 위에는 낡고 오래된 석탑도 1기 하늘을 배경으로 자리해 있다. 덕주사 아래쪽에는 덕주공주의 이름을 딴 덕주산성을 볼 수 있는데, 아무래도 이 지역이 덕주공주와 친밀한 인연이 있었던 것만은 분명해 보인다. 조선시대 말에는 이곳 송계계곡에 명성황후의 별궁이 있었다고 하는데, 흔적은 어디에도 남아 있지 않다.

1 덕주사 마애불. 약 13미터 높이의 바위면에 얼굴과 눈이 투박하고 거칠게 새겨져 있다.
2 마애불 왼쪽 바위 절벽 위에 자리한 석탑.

⋮

나무 전체가 황홀한 한 채의 꽃집을 이룬 미선나무꽃.

276

마애불 앞에는 누가 마치 일부러 씨를 뿌려 놓은 것처럼 봄맞이꽃이 빼곡하다. 이른 봄에 꽃이 핀다고 '봄맞이꽃'이다. 꽃은 흰 색으로 피어나는데, 너무나 앙증맞아서 한참을 들여다보아도 싫증이 나지 않는다. 여기서 능선의 고도를 좀 더 높여 영봉 가까이 오르면, 고봉에 피는 노랑제비꽃이 천지다. 높은 산엔 아직도 잡풀이 돋지 않아서 노랑제비꽃의 노란색은 유난히 샛노랗게 보인다. 이 녀석들은 대체로 올라가는 능선 쪽 양지바른 곳에 모여 피었다. 반대로 능선 저쪽의 반그늘에는 노루귀가 한창이다. 8부 능선부터 영봉 바로 아래까지는 아예 노루귀 밭이다. 가랑잎을 비집고 솟아올라 꽃을 피운 녀석들은 거개가 노루귀다. 그런데 유심히 살펴보면 온갖 식물의 떡잎들이 여기저기서 불쑥불쑥 가랑잎과 헐거워진 봄 땅을 밀고 올라오고 있다. 드디어 영봉에 이르면 드넓은 충주호가 한눈에 내려다보인다. 덕주골 쪽으로는 연녹색 잎 물결 속으로 산벚꽃이 희고 연한 잉크를 풀어 놓은 듯 번져 있다.

월악산도 악산이라 꽤나 험한 산이다. 그러나 7부 능선 위쪽만 험할 뿐이지 산 아랫자락은 순하게 퍼져 있다. 산을 내려와 마을로 내려가면 산을 뒤로하고 들어선 초가 한 채가 눈에 띈다. 명오리 옛집이다. 수몰 지구인 명오리에서 옮겨 온 초가인데, 거기는 내 고향이기도 하다. 명오리 옛집은 안채와 사랑채가 맞보는 틀 ㅁ자 집이어서 뒷산에 올라 내려다보면 그 모양이 제대로 드러난다. 초가 옆에는 기와집도 한 채 보이는데, 이 집 마당에는 괴산과 진천, 변산반도 등지에서 천연기념물로 지정된 오래된 미선나무가 자라고 있다. 미선나무 꽃은 정말로 어떤 봄꽃보다 화려하고 아름다워서 보는 것만으로도 황홀하다. 뽀얀 흰 색(분홍색도 있다)으로 피는 꽃의 모양은 개나리나 말발도리와 비슷하다. 수목원 같은 곳에서 더러 미선나무를 보았으나, 그것과는 비교할 수 없을 만큼 크고 오래된 나무여서 나무 전체가 흐뭇한 한 채의 꽃집이다.

하늘재 길목에 자리한 미륵사지

지난가을에도 나는 월악산을 다녀갔다. 그때는 미륵리 미륵사지(보물 제96호)가 가을빛으로 물들어 있었다. 미륵사는 고려 초기 석굴 사원이었지만, 오늘날 석굴의 흔적은 찾을 수가 없다. 절터에 남은 것은 석불입상과 5층석탑, 귀부 등이 고작이다. 하지만 미륵사지에 얽힌 이야기는 풍부하고 씹히는 맛이 있다. 본래 이 절을 지은 주인공이 태조 왕건이라고도 하고, 왕건을 지원했던 충주 유씨 가문이라고도 전해 온다. 그러나 옛날부터 충주 사람들은 이 절을 신라 마지막 왕의 아들인 마의태자가 지은 것으로 여기고 있다. 당시 마의태자가 망국의 한을 품고 덕주공주와 함께 금강산으로 향하는 길에 한동안 이곳에 머물며 미륵사 석굴을 만들었다는 것이다. 마의태자가 미륵사 석굴을 세우는 동안 덕주공주는 가까운 곳에 덕주사를 짓고, 월악산 절벽에 마애불을 새겼다고 한다.

재미있는 사실은 마의태자가 세운 석불입상은 마애불을 향하고 있고, 덕주사의 마애불은 석불입상을 향하고 있다는 것이다. 이는 마치 미륵불(마의태자)과 마애불(덕주공주)이 서로 마주 보며 망국의 한을 달래는 듯 보인다. 미륵사지 석불입상은 10미터가 넘는 거대한 미륵석불이자 약사여래불이다. 머리에는 갓을 썼고, 간결하게 조각된 왼손에는 약합인지

약병인지를 들고 있다. 이 미륵불은 신기한 현상을 일으키는 미륵불로도 알려져 있는데, 지난 2004년 4월 9일부터 무려 일주일가량이나 이마에서 땀이 흘렀다고 한다. 당시는 봄 가뭄이 한창일 때여서 석불에 물기가 맺힐 만한 까닭이 없었다. 전해 오는 바에 따르면, 이런 현상은 오래 전 1950년에도 있었다고 한다. 과학적으로 보자면 일종의 결로 현상으로 보이지만, 이것을 목격한 사람들은 무슨 변고가 일어날 '징조'로 받아들이고 있다.

미륵사지가 있는 미륵리는 문경 땅 관음리로 넘어가는 하늘재의 길목으로도 잘 알려져 있다. 삼국시대만 해도 하늘재는 경상도와 충청도를 연결하는 국도나 다름없었다. 고려 때까지도 하늘재는 수많은 사람들이 넘나드는 국도의 기능을 다했다. 길도 그 쓰임이 다하면 쇠퇴하는 것이어서 조선시대 들어 하늘재는 그동안의 임무를 고스란히 문경새재에 넘겨주었다. 당시 문경새재는 오늘날의 고속도로나 다름없었으니, 하늘재는 점차 쇠락하는 고갯길의 운명을 받아들여야 했고, 오늘날에는 아예 옛길의 보존을 위해 무분별한 일반인의 출입을 금지하고 있다. 길은 그 자체로 문화유산의 가치가 충분하다. 유네스코에서는 스페인의 피레네와 프랑스의 몽 페르 뒤를 잇는 오래된 산중 옛길을 복합유산으로 지정(1997)한 바 있으며, 일본의 키이산맥 성지순례길도 문화유산(2004)으로 지정해 보호하고 있다. 하지만 우리나라에서는 어찌된 일인지 옛길이라고 하면 무조건 포장하거나 개발 예정지로만 여기는 서글픈 현실이 계속되고 있다.

여행일기

한 번 더 이른 봄에 월악산을 찾았을 때 송계계곡과 산중 마을에 개구리 소리가 가득했다. 오랜만에 나는 산골 민박집 창문을 열어 놓고 먼 유년의 추억으로부터 들려오는 듯한 개구리 소리에 취했다. 개구리는 소리로 어느 정도 어떤 녀석인지 짐작할 수가 있다. 걍걍걍걍, 우는 녀석은 필경 청개구리이고, 꽤액꽥, 우는 녀석은 보나마나 산개구리이며, 뽀라락거리는 녀석은 참개구리다. 본래 청개구리 울음은 좋게 말해 경쾌하고 나쁘게 말해 방정맞으며, 산개구리는 중저음의 분위기 있는 울음이지만 때때로 궁상맞고, 참개구리는 마치 '뽀드득' 소리를 듣는 듯 상쾌하면서도 때로 볼멘소리처럼 들린다. 무공해 산골에서 듣는 봄밤의 개구리 소리. 이제는 이것도 추억의 소리가 되어 가고 있다. 🌱

제천 불구실에서 덕곡리까지

강 마을, 두메 마을의
오래된 풍경

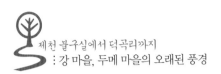

제천 불구실에서 덕곡리까지
: 강 마을, 두메 마을의 오래된 풍경

단양 8경 삼선암을 차례로 잇는 맑은 도로가 월악산국립공원의 동쪽 계곡을 따라간다. 이 도로를 따라가다 보면, 중선암쯤에서 산을 넘어가는 은밀한 고갯길이 하나 나온다. 고갯길을 넘어가면 수산과 덕산이 나오지만, 비포장인 데다 차량이 다닌 흔적이 별로 없어 지프차가 아니고서는 엄두도 낼 수 없는 길이다. 억새가 흐드러지고 곳곳에 물웅덩이가 도사린 이 길을 나는 초가을 풍경에 취해 덜컹덜컹 넘었다. 차 한 대 다니지 않는 한적하고 은밀한 길. 장회나루를 지나 호수를 따라가는 편하고도 빠른 36번 국도를 놔두고, 굳이 나는 사서 고생을 했다. 이런 길의 장점은 바로 속도에 구애받지 않는 것. 고개를 넘다가 차를 세우고 산바람을 쐬든, 구름을 구경하든, 막 피어난 구절초와 억새에 취하든, 상관이 없다.

아무래도 상관없는 길은 굽이굽이 능선을 내려가 수산면 대전리로 이어진다. 대전리 임간마을에서부터 덕산면 수리, 짚실마을, 불구실, 한수

282

면 덕곡리까지는 하나같이 흙집이 수두룩한 옛 마을의 운치를 느낄 수 있는 곳들이다. 태생이 시골 출신인지라 나는 이런 풍경을 보고는 그냥 못 간다. 딱히 목적을 두고 온 여행이 아니어서 마실 가듯 이 마을 저 마을 기웃거린다. 임간마을에서는 갓길에 차를 세워 놓고 앉아서 길 아래 마을을 오래오래 구경했다. 동구에서부터 소를 몰고 오는 농부가 마을 한복판 흙집으로 들어가는 풍경이 롱테이크처럼 내 눈에 걸린다. 짚실마을에서는 아예 차를 저만치 버려두고 고작 10여 채나 될까 말까 한 마을의 집들을 이리저리 구경한다. 개울가의 어떤 집에서는 닭장에 짚둥우리가 남아서 때마침 암탉 한 마리가 알을 품는 '오래된 풍경'도 만난다.

수수밭 너머의 눈시린 가을 하늘

덕곡리는 오래 전 마을 일부가 수몰된 곳인데, 지금은 봉화재·딱밭골·머우골·덧말·지소거리에만 사람이 살고 있다. 가을이면 덕곡 일대는 사과 익는 향기가 은은하게 풍겨 온다. 특히 덕곡의 맨 안쪽에 자리한 봉화재(옛날 봉화를 올렸던 곳이라 함)는 산자락과 마을 주변이 온통 사과밭이다. 사실 내가 덕곡에 온 것은 거의 30여 년 만이다. 초등학교 시절에 나는 봄 소풍인지, 가을 소풍인지 잘 기억나지 않지만, 산꼭대기 무슨 절집까지 소풍이라기보다는 등반을 했던 기억이 난다. 그때는 지소거리의 신작로가 흙 자갈 길이어서 완행 버스가 지날 때마다 먼지를 뒤집어써야 했고, 버스 바퀴가 튕겨 낸 자갈이 내 등짝을 때려 자갈만 한 혹이 나기도 했다. 길을 따라오다 보니 여기까지 오게 되었지만, 지금은 지소거리 코앞이 바로 호수이고, 그 옛날의 신작로마저 저 물속에 가라앉아 있다.

덕산면 불구실은 50여 가구가 올망졸망 모여 사는 제법 큰 마을이다. 마을 앞의 평퍼짐한 언덕은 온통 수수 밭이어서 쨍한 가을 볕에 다 익은 수수가 보기 좋게 고개를 숙이고 있다. 수수 밭 너머에는 눈 시린 가을 하늘과 새털 같은 구름이 점점이 흩어져 있다. 수수 밭을 지나 마을로 걸어 들어가는데, 이건 꼭 오래 전 고향으로 내려온 느낌이다. 여기도 흙집, 저기도 흙집에다 흙벽 건조실은 도처에 솟아 있다. 저기 흙집 어디에선가 사립문을 열고 누군가 내 이름을 부를 것만 같다. 이 마을 임정규 노인 (78) 댁에는 아직도 그 옛날 터주 신을 모시는 터주항아리를 그대로 두고 있다. 항아리 안에는 벼를 담아 신체로 삼았다. 옛날 보릿고개 넘던 시절에는 음력 초이튿날 이것을 꺼내 밥을 해 먹기도 했단다.

임씨 노인에 따르면, 한국전쟁 이전만 해도 불구실에는 100여 호가 넘는 집이 있었으나, 전쟁의 피해로 마을 전체가 소개되어 겨우 8가구만 남았다고 한다. "그 전이는 다 초가구, 전쟁 끝나구는 그냥 있는 벽에 뚜껑만 해 덮은 거지 뭐. 손 모자란 집엔 이태씩 지붕 썩은 거 그냥 놔두기두 허구. 억새집은 일정 말년에 딱 한 집이 있었어. 억새집은 저 큰 산에 가서 하루 한 짐씩 억새를 해다가 잇구 했는데, 이게 을마나 억새가 많이 들어가는지 몰러. 그래구 여기는 스슥(서숙. 조)을 짚으로 해 이은 스슥집이 많았어. 이 스슥은 한 웅큼 엮을래두 대궁이 짧어. 그래니 손이 마이 가

불구실 마을의 수수 밭 언덕

지. 그냥 여서는 억새집두, 스슥집두 그냥 초집이라 불렀어. 하이구 그때는 다 호롱불 키구 살았잖어. 지끔도 저 아래 가면 소둥나무라구 있어. 거기서 이래 열매가 열려. 그럼 그걸 갈게 떨어가지구 와서 그 열매 기름으루다 호롱불 키구 그랬지. 여부케 여기서는 조 1000석, 소둥 1000석, 베(벼) 1000석 해서 3000석이란 말이 있어. 그 정도는 돼야 천석꾼 소리 들었다는 거야. 한창 뭐식할 때는 다 소둥 기름 때구 그랬지 뭐." 김원도 노인(80)이 들려준 이야기다. 김원도 노인은 일제시대 때 보국대에 끌려가 갖은 고생 끝에 살아온 소설 같은 인생의 주인공이다. 노인은 일면식도 없는 내게 당신의 이야기를 들어달라며, 내 손을 꼭 잡았다. 그 이야기는 오후 3시 반쯤 시작해 어둑해져서야 끝이 났다. 이야기는 일제시대로 거슬러 올라간다.

소설 같은 인생 이야기

"내가 일제 때 보국대 끌려가가지구 죽을 고비 몇 번을 냉기구, 고생고생허구 참 그거는 말로 다할 수 없어. 그때 내가 열아홉 살이여. 학교 졸업하구 나서 '청훈생'이라는 단체에 일주일에 한 번씩 끌려가서 내가 군사교육을 받구 '연생소'(농촌 젊은이들을 지원병으로 입대시키려고 일제가 만든 훈련소)라구 마을에서 군대 안 간 사람덜을 불러다 연생 훈련을 시키더라구. 나는 열아홉 살인데, 우리 동네에 환갑 지낸 사람두 거서 훈련을 받어. 그 사람하구 내가 같이 보국대를 갔어. 참 내가 그때 못자리하다가 끌려갔으니께루 참 모도 못 심구 간 거지. 청진으루 보국대를 가서 내가 토

286

1 불구실 임정규 노인 댁의 터주항아리.
터주항아리 안에는 벼를 담아 신체로 삼았다.
2 일제시대 보국대에 끌려가 갖은 고생 끝에 살아온
소설 같은 인생의 주인공 김원도 노인.

목공사 일을 했어. 거가 군수공장인데, 공장 둘레가 을마나 큰지 30리여, 30리. 공장에 황덩어리는 태산같이 있지, 암모니아 비료같이 생긴 거하구 어마어마허더라구. 나는 거서 막사 짓는 부역을 했어. 거서는 병이 안 생길 수가 없어. 나중에 보니까 하나 둘 쓰러지는데, 이게 옘병(염병)이여. 미수꾸 밥을 삽으로 퍼 나무 벤또에 주는데, 아무케두 이래 있다간 나두 죽겠드라구. 옆에 사람이 배 아프다구 칙간 간다 그래구 안 돌아오면 죽은 거여. 하두 사람이 죽으니까 시체저장소가 따루 있었어. 막사 짓는 일을 허는 나헌테 어느 날은 거길 지키라는 거여. 송판으로 이래 대충 곽(관)을 만들어 놨는데, 관이 엄청난 거여 이건. 해방 무렵인가 벼. 어느 날은 하늘에서 빨래 짜루 같은 비행기가 막 폭격을 해. 여기저기 막 연기가 나는 거여. 그게 지끔 보니까 미국 비행기여. 공장하구 주변을 막 때리니까, 안 되겠다, 도망가야겠다, 여기 있다가는 죽겠다, 그래 도망가야겠다는 생각이 들드라구. 그래 우리 동네 노인네한테 가서, 그이가 우리 아부지 또래여. 도망가자 그랬지. 그 전부터 나는

287

미리 봐 놨지. 그래 그 노인네허구 젤루 얕은 담을 뛰어넘었는데, 아 글쎄 그 너머에 해지(함정)를 파 놨드라구. 구대이에 풀썩 떨어진 거지 뭐. 담 아래가 다 구대이야. 그래 자꾸 기나가니까, 얕은 데가 있어. 그리루 기나 왔어. 달이 훤하니 감자 밭에 꽃이 이런 우굿대 같이 피었는데, 거서 그만 경비병헌테 들켰네. 자동차 불 같은 거루다 막 비추었으이 딱 걸렸네. 그 래 그 영감헌테 저기 산 모래이서 보자, 그러구는 각자 헤어져 막 도망을 쳤지. 간신히 혼차 산모래이까지 왔는데, 죽었나 이 영감이 안 오는 거여. 그래 할 수 없이 내 혼차 산을 넘어갔어. 걸리면 회령 비행기 닦는 데루다 가야 하니까, 사람이 젤루다 무서운 거여. 한참을 사람만 보면 피해 다녔 어. 그러다 웬 숯 굽는 사람을 만났어. 그 사람이 그래는데, 해방이 되었 디야. 난 그때 해방이란 단어조차 몰랐어. 일본놈덜 망했다구 그러드라 구. 해방된 지두 모르구 산으루다 피해 다닌 거지. 그 얘기를 듣구는 30리 가 넘는 회룡역까지 또 걸어갔어. 30리가 왜 이래 먼지. 역에 도착해 보니 거기 또 노란 군대가 빽빽허구 있드라구. 이 기차는 일본놈덜 타야 하니 까 우린 못 타게 하는 거여. 망한 놈덜이 먼저 타구 가겠다는 거여. 그래 생각했지. 이 기차를 타야 살겠다. 해서 산빈달(산비탈)에 올라가 기차가 오기를 기다렸지. 한참 기다리니까 철컹철컹 기차가 오드라구. 그래 뒤 도 안 보구 뛰어내렸지 뭐. 기차 지붕에 납작 엎드려가지구 오는데, 석탄 가루가 얼굴에 막 낄리구, 그렇게 흥남까지 왔어. 흥남 오니까 보국대 갔 다 온 사람덜한테 주먹밥을 준다구, 그래 그걸 읃어먹구, 다시 기차를 타 구 서울 청량리에 떨어졌는데, 거서 참 감자 밭에서 헤어진 노인을 만났 네. 그때두 서울에서 단양을 올래면 미칠이 걸려. 미칠을 또 걸어서 단양

으루 해서 새북(새벽) 닭 울 때 내가 집에 들어왔어. 아침 상 막 들어오는데 내가 온 거여. 그지가 따루 없지. 내가 평생 우리 아부지 우는 거 그때 처음 봤어. 내 얘기를 하자면 책을 몇 권 써두 모질라. 어이구 참, 그르케 내가 살아왔어."

그는 내게 더 많은 이야기를 들려주려 했지만, 그의 이야기는 하루에 끝날 이야기가 아니었다. 더구나 나는 밤중에 강원도까지 넘어가야 하는 다른 일정이 기다리고 있었다. 하는 수 없이 나는 다음에 또 들르겠다는 말만 남기고 불구실을 떠났다. 달이 훤히 불구실 언덕의 수수 밭을 비추는데, 자꾸만 마음이 글썽해졌다.

1 짚실마을에서 만난 짚으로 엮은 닭둥우리.
2 불구실 인근 수리의 빈집에 걸린 다 삭은 다래끼.
3 불구실 논에서 만난 참개구리.

여행일기

   김원도 노인은 자신이 겪었던 기구한 인생을 공책에 적어 놓았고, 언젠가 책으로 내서 사람들에게 알리고 싶다고 한다. 한번은 아들이 그 공책을 보고는 책으로 내기 위해 가져갔는데, 아직도 소식이 없다고 한다. 현대사의 질곡을 헤쳐 온 옛사람들의 이야기는 그 자체로 의미 있는 역사의 기록이다. 하지만 그것을 기록 유산으로 남기는 일은 정부 기관이 나서지 않는 한, 개인이 기록하기에는 너무 어려운 방대한 작업이다. 🌷

영동 돌고개에서 불당골까지

곶감 타래 내걸린
산중의 가을

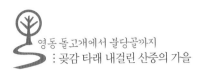
영동 돌고개에서 불당골까지
: 곶감 타래 내걸린 산중의 가을

흙먼지를 일으키며 시골 버스 한 대가 구불구불한 고갯길을 기어오른다. 버스 안에서는 난데없이 장닭이 날아오르고, 장에 다녀오는 마을 사람들의 걸진 소리가 왁자하다. 그 시골 버스에 짜증나는 얼굴로 전자 오락기를 손에 든 일곱 살 상우가 앉아 있다. 녀석은 지금 엄마 손에 억지로 이끌려 귀(?) 막힌 할머니와 동거하러 가는 길이다.

지난 2002년 개봉해 뜻밖의 흥행을 기록한 〈집으로〉라는 영화의 첫 장면이다. 이른바 나는 이 영화의 '헌팅 디렉터'를 맡은 바 있다. 영화의 배경이 된 두메 마을 궁촌리와 주인공 할머니, 첫 장면의 먼지 날리는 도마령과 상촌 장터는 그렇게 영화에 등장하게 된 것이다.

그러나 예상치 못한 영화의 흥행은 촬영지인 마을과 주인공 할머니에게 공연한 폐를 끼치기도 하였다. 마을은 한동안 어수선해졌고, 할머니는 갑작스런 세상의 관심에 불편한 심사를 겪어야 했다. 내가 우려했던 바가 현실이 되고 말았다. 애당초 내가 영화의 헌팅을 기꺼워했던 것은 미리 보내온 시나리오가 내 촌스런 마음을 자극했기 때문이다. 시나리오를 읽는 순간 내 머릿속에선 곧바로 영동의 궁촌리가 떠올랐고, 마을과 장터와 도마령을 둘러본 감독 일행도 고개를 끄덕였다. 일행은 주인공 할머니도 이왕이면 마을에서 찾고 싶어 했는데, 때마침 궁촌리 점마에서 곧 주인공이 될 할머니를 만나는 행운까지 뒤따랐다. 어쨌든 내가 일조한 영화가 흥행에 성공해 다행이었지만, 촬영지를 공개하지 않겠다던 나와의 약속은 지켜지지 않았다. 애당초 그것이 지켜지지 않을 약속이었음을 나는 뒤늦게야 알았다.

영화 <집으로>의 추억

요즈음 영화 촬영지가 관광지가 되고, 지역 경제에도 긍정적인 영향을 미치고 있는 것은 사실이다. 하지만 대부분의 배경은 일시적인 관심에 머물 뿐이며, 관광객을 끌어들이기 위한 상업적인 버무림에 그칠 뿐이다. 더구나 배경이 시골 마을인 경우 반짝 관심으로 공연히 마을의 분위기만 어수선하게 만들고, 결국 잔뜩 기대에 부푼 그곳 사람들에게 허탈감만 안겨 줄 때가 많다. 사실 이런 문제는 주로 오지 여행을 해 온 나의 딜레마이기도 했다. 내가 오지를 여행한 기록물들은 결과적으로 오지를 망가뜨리는 원인을 제공하고 말았다. 이건 《내셔널 지오그래픽》에서 뉴기니의 원시 부족(코로와이족)이 사는 이리안자야를 소개하는 것과는 다른 문제였지만, 결과적으로는 다를 바 없는 흥행을 위한 길 안내가 되어 버린 것이다.

물론 급박하게 변화해 가는 오늘날의 현실에서 오지가 언제까지 오지에 머물러야 한다는 논리는 부당하다. 문제는 급격한 변화가 가져오는 부작용이다. 외부인에게 스위스제 다용도 나이프를 선물받은 코로와이족은 대를 이어 온 돌도끼를 집어던질 수밖에 없었다. 외부에서 들어온 이들을 모두 유령이라 불렀던 그들이 지금은 유령들 앞에서 탤런트처럼 원시 부족 흉내를 내고 나서 당연하게 돈을 요구한다. 그러나 그들이 존재하는 숲 너머에 또 다른 세계가 있다는 것을 알게 된 그들은 옛날보다 더 행복해졌는가, 라는 물음 앞에서는 모두들 고개를 갸웃거리고 있다.

어쨌든 충북 영동하고도 상촌은 내게 애증과 추억이 서린 곳이다. 그곳을 다시 찾은 것은 늦은 가을이었다. 〈집으로〉를 찍었던 궁촌리 지통마는 옛날보다 더 쓸쓸했고, 점마에서 새막골로 이어진 골짜기는 더욱 적막했다. 내가 사진 찍었던 어떤 흙집은 무너졌고, 황학산을 바라보던 노인은 마을을 영영 떠났다. 결국엔 나도 그곳을 떠나 도마령 쪽으로 발길을 돌렸다. 이맘때 도마령 가는 길목에 자리한 마을들은 너나없이 주렁주렁 곶감 타래를 내걸고 있다. 사실 곶감 하면 상주를 알아주지만, 아는 사람은 영동 곶감을 더 쳐준다. 왜냐하면 아직도 영동에서는 손으로 감을 깎아 부업 삼아 곶감을 내는 손 곶감 농가가 많기 때문이다. 여느 곶감 마을과 달리 기계화를 통한 산업으로의 곶감 내기가 아닌 부업으로 곶감 내기를 하는 곳이 영동인 것이다. 곶감의 맛이란 게 딱히 손맛은 아니겠지만, 기계맛은 더더욱 아닌 것만은 분명하다.

이른바 영동의 '곶감 로드'는 상촌면 물한리에서 시작해, 대해리·상도

돌고개에서 만난 김길상 노인 댁.
할아버지는 마루에, 할머니는 봉당에 어색하게 서 있다.

대리·고자리를 지나 도마령을 넘어서면, 용화면 조동리·자계리·도덕리로 이어진다. 영동의 곶감은 대체로 '먹감'이라 불리는 무동시(씨 없는 무종시)이거나 빼조리(고동시, 고산 지역의 씨 없는 떫은 감)로 만든다. 보통 무동시는 다른 감보다 늦게 따 곶감을 거는데, 서리 내릴 때까지도 감이 무르지 않는다. 감이란 게 그렇다. 한 해 풍년이 들면 이듬해에는 반드시 흉년이 든다. 많이 달렸다고 그 해 가지를 뚝뚝 분질러 놓으면 어김없이 이듬해에는 분지른 만큼 소출을 줄이는 것이 감나무다. 사람 사는 이치와 똑같다.

영동의 곶감 로드를 이어 주는 도마령刀馬嶺은 그 옛날 칼을 든 장수가 말을 타고 넘었다고 해서 붙여진 이름이다. 도마령을 친친 감고 있는 각호산은 멀리서 보면 두 개의 커다란 봉우리가 마치 낙타 등처럼 생겼는데, 절창으로 구부러진 에움길이 이 낙타의 배 밑으로 타래실처럼 풀어져 있다. 도마령은 비포장으로 남은 가장 아름다운 길 중에 하나로 손꼽혔지만, 이제 포장될 날만 기다리고 있다. 내가 아는 어떤 건설사 직원이 했던 말이 생

1 물한리 핏들마을 박희정 씨가 곶감을 깎아 감 타래에 걸고 있다.
2 주렁주렁 매달린 감 타래.
3 한 할머니가 감 타래가 걸린 풍경 속으로 걸어가고 있다.
4 늦가을 물한리와 대해리, 상도대리에서는 흔하게 감 따는 풍경을 만난다.

297

각난다. 우리나라에서 유일하게 풍부한 자원이 시멘트이고, 건설업자의 눈에는 이 땅의 모든 맨땅이 쳐 발라야 할 공사장으로 보인다는. 그래서 우리나라에서는 비포장 길을 그냥 놔두지 않는다는. 어느 선진국보다 앞서는 세계 최고의 도로 포장율이 그것을 말해 준다.

눈더미에 파묻히고, 빙판 길에 미끄러지고

그동안 여러 번 나는 도마령을 넘었고, 지난겨울에도 도마령을 넘고자 폭설 내린 안정리를 거쳐 조동리에서 하룻밤을 보낸 적이 있다. 정확히 기억하건대 그날은 온도계가 영하 17도를 가리켰고, 설날을 며칠 앞둔 일요일이었다. 아침에 일어나 보니 눈은 30센티미터 넘게 쌓여 있었다. 내가 도마령을 넘을 거라고 하자 민박집 아주머니는 이상한 듯 나를 쳐다보았다. 눈에 파묻힌 도마령 아랫마을 불당골을 지나 비탈진 산길로 들어서자 아예 바큇자국 하나 보이지 않았다. 내 차가 4륜이라는 것만 믿고 나는 '무대뽀' 정신으로 도마령을 오르기 시작했다. 중턱까지는 그런대로 차가 4륜의 힘을 발휘했다. 그런데 중턱을 넘어서자 상황은 완전히 달라졌다. 이틀간 눈이 쌓인 데다 군데군데 바람이 쌓아 놓은 눈이 거의 둔덕을 이루고 있었다. 무대뽀로 달리던 내 차는 그예 그 눈 더미 속으로 돌진하다 눈에 파묻히고 말았다. 전진도 후진도 할 수 없는, 오도 가도 못하는 신세가 되고 만 것이다.

간신히 차 문을 열고 나와 보니 눈은 허리까지 쌓여 있었다. 차가 움직이려면 어쩔 수 없이 주변의 눈을 치워 내는 수밖에 도리가 없었다. 준비

된 '야삽'도 없었다. 결국 내 손에 잡힌 것은 어처구니없게도 차 안에 있던 CD케이스였다. 한 10분쯤 CD케이스를 넉가래 삼아 눈을 치우는데, 아니나 다를까 빠지직, 하며 케이스가 부서지고 말았다. 이제 맨손으로 눈을 퍼내야 했다. 손을 호호 불어 가며 한 30여 분쯤 눈을 퍼내자 온몸이 땀으로 흠뻑 젖었다. 어쨌든 이렇게 더운 영하 17도의 날씨는 처음이다. 차라리 견인차를 부르는 게 나을 듯싶어 휴대폰을 열어 보니, 설상가상으로 이미 방전이 된 상태였다. 그렇다고 차를 두고 마을로 내려갈 수도 없는 노릇이었다. 다시 나는 발갛게 얼어 버린 맨손을 비비며 눈을 파헤쳤다. 그렇게 눈 퍼내기를 한 시간 넘게 했을까. 드디어 차가 움직였다. 그리고 그때서야 나는 마을에서 아침밥을 먹고 오지 않은 것을 후회했다.

차는 고되고 나는 지쳤지만, 우린 왔던 길을 되돌아 패잔병처럼 하산했다. 하산에 성공한 나는 도마령을 빙 돌아서 가는 미련하지만 안전한 방법을 택했다. 도마령을 넘어가면 15분 정도 걸릴 거리를 1시간 30분이나 길을 돌아가야 하다니! 처음엔 그런 생각이 들었으나, 점점 진작에 돌아갔으면 벌써 저 너머에 가 있었을 걸, 하는 후회스런 마음이 더 컸다. 그러나 폭설이 내린 뒤, 제설조차 되지 않은 길에서 안전한 방법이란 존재하지 않는다는 것을 나는 잠시 후에 깨달았다. 한 시간쯤 빙판 길을 달려 상촌으로 들어가는 굴다리쯤에서 사고는 일어나고야 말았다. 내리막길에서 무심코 브레이크를 잡은 것이 화근이었다. 내 차는 세 바퀴쯤 뱅그르르 돌더니 굴다리 시멘트 벽을 들이박고서야 멈춰 섰다. 그것도 반대편 방향으로 돌아선 채로.

눈이 내리고 있는 불당골의 저녁 풍경.

옆 차선에서 대여섯 대의 차가 오고 있었던 터라 하마터면 대형 사고가 날 뻔했지만, 옆 차선까지 튕겨 나가지 않은 것이 그나마 다행이었다. 더욱 다행한 일은 뒤에서 따라오는 차량이 없었다는 것이다. 만일 따라붙는 차량이 뒤에 있었다면 생각만 해도 아찔하다. 정신을 차린 나는 비상등을 켜고 옆 차선으로 옮겨 사고 현장을 겨우 벗어났다. 차를 도로 옆으로 몰아 세워 놓고 훑어보니, 천만다행으로 앞 범퍼만 박살이 나 있었다. 결과적으로 눈 내린 도마령을 한 번 더 보고자 했던 내 욕심이 부른 화근이었다. 눈 내린 풍경은 그 아름다운 순백의 풍경으로 사람을 유혹하지만, 거기에는 그만큼 위험하고 치명적인 유혹이 도사리고 있다. 그것은 내게 아름다운 것은 위험하다고 말해 주었다.

내 사소하고 은밀한 여행은 정확하게 11년 전에 시작되었다. 나는 대책 없이 다니던 잡지사를 때려치우고, 오히려 그 '대책 없음'을 핑계로 길을 떠났다. 나는 책상에 앉아서는 볼 수 없는 것들을 길에서 발견하고자 했다. 그리고 아직도 나는 그 길 위에 서 있다. 어언 10년 넘게 나는, 길에게 나를 맡겼고, 고맙게도 길은 나를 받아 주었다. 내가 직장을 때려치우고 나왔을 때, 주변 사람들은 한결같이 이해할 수 없다는 반응을 보였다. 그리고 지금도 '여전히 길 위에 서 있다' 라는 것도 다들 납득하지 못하고 있다. 그들의 눈엔 내가 대책 없는 모험가나 한량으로 보일지도 모른다. "그래 당신은 그 길에서 무엇을 보았소?"라고 묻는다면, 나는 아직 선뜻 대답할 수가 없다. 그럼에도 나는, 당신이 이해할 수 없는 이 길 위에 서 있음을 아직까지는 버리고 싶지 않다.

두메 마을 안정리에서 만난 한 할머니가
자꾸만 퍼붓는 눈을 쓸어 내고 있다.

여행 일기

혼자서, 그것도 눈 내린 겨울에 외딴 두메를 여행한다는 것은 어떤 일이 일어날지 모르는 위험과 모험을 감수해야 하는 일이다. 그러므로 혼자 가는 눈 속의 두메 여행은 완전 무장은 아닐지라도 최소한의 준비가 필요한 법이다. 가령 야전 삽이나 최소한의 주전부리는 차 안에 넣어 두어야 하며, 여벌의 보온용 옷가지도 챙겨 둘 필요가 있다. 물론 나는 '아매'와 '무대뽀' 정신으로 10년간이나 대책 없이 산골과 낙도를 떠돌았고, 지금껏 이렇게 멀쩡한 것을 보면 준비 없는 여행일지라도 딱히 나쁘지는 않은 것 같다.

청양 이화리에서 장곡사까지

고개 넘어
길의 신을 만나다

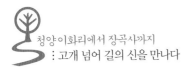

청양 이화리에서 장곡사까지
: 고개 넘어 길의 신을 만나다

　　　　　　가는 날이 장날이다. 2, 7일 장으로 열리는 청양 장날이다. "배시감 사유, 배시감 사유." 장터 들머리에서 소주로 우려낸 감을 고무 함지 그득하니 담아 놓고 파는 할머니는 오는 사람 가는 사람 불러 놓고 배시감 우려내는 법까지 공짜로 일러 준다. 어지간해서는 볼 수도 없는 으름 장수도 길바닥에 좌판을 열었다. 칠갑산 깊은 골에서 따 온 으름이란다. 도시에서 온 아이들이 신기한 듯 바라볼 때마다 으름 장수는 '으름'이란 말 대신 "이게 한국 바나나여!" 하면서 설명을 덧붙인다. 으름이란 칡덩굴처럼 나무를 타고 오르는 덩굴 열매로, 생김새는 작은 바나나처럼 생겼으며, 다 익으면 열매가 벌어지면서 안에 까만 씨가 박힌 하얀 열매의 속이 드러난다. 몇십 년 전까지만 해도 우리 산에서 흔하게 볼 수 있었으나, 외래 식물에 밀리고, 분별없는 개발에 희생돼 지금은 좀처럼 만나기 어려운 토종 과일이 되었다.
　까치내에서 잡아 왔다는 가을 참게를 새끼줄에 한 두름씩 엮어 파는 참

306

게 장수는 참게 파는 일보다 까치내 참게잡이 얘기에 더 공을 들인다. 딸랑딸랑 종을 흔들며 달구지에 두부를 싣고 가는 두부 장수의 "두부 사려!"도 시장 통에 아릿하게 울려 퍼진다. 청양이 구기자로 유명한 만큼 청양장의 절반은 구기자 장이다. 시장 한 켠에는 아예 구기자 가게와 좌판이 진을 쳤다. 예부터 불로장생의 영약으로 일컬어지는 구기자는 일찍이 중국의 진시황도 즐겨 먹었던 것으로 전해 온다. 구기자의 여러 가지 약효는 몇천 년 전부터 사람들에게 알려져 왔는데,『신농본초경』과『본초강목』에는 구기자를 "오래 복용하면 뼈를 강하게 하며 몸을 가볍게 하고, 늙지 않는다"고 기록하고 있다.

너무나 한적한 한석골

청양에는 이번이 세 번째 여행이다. 10여 년 전 대치면 상갑리에 가기 위해 처음 청양 땅을 밟았다. 그때만 해도 청양에서 상갑리를 들어가려면 비포장도로를 따라 10리 넘게 들어가야 했다. 하지만 지금은 그 길이 말끔하게 포장되어 옛날의 운치를 찾아볼 수가 없다. 길이 포장되고 나면 다음으로 망가지는 게 살림집인데, 예상대로 상갑리의 집들도 옛날과는 사뭇 달라진 모양이다. 그 많던 흙집들은 상당수가 개축을 했거나 폐가로 남았다. 이건 개발 공화국인 우리나라에서 불가피한 변화이다. 더이상 농촌에서 옛날의 전원적인 풍경을 기대하는 것은 시대착오적인 향수병일 뿐이다.

그나마 청양에서 마음의 허전함을 달래 준 것은 상갑리를 지나 공주시

한석골 어느 흙집 부엌에서 놓여 있던 바가지와 성냥.

1 상갑리 어느 흙집 마당에 볍씨를 말리고 있다.
2 청양 운곡면 광암리에서 만난 구기자 말리는 풍경.
3 상갑리 어느 흙집 뒷간의 분소매 항아리. 분소매는 거름을 위해 똥오줌을 모아 두는 항아리다.

쌍대리까지 이어진 비포장 길이다. 가는 동안 단 한 대의 차도 만나지 못한, 너무 한적하고 조용해서 되레 쓸쓸해 보이는 길. 가는 길에 차를 세워 놓고 나는 맘껏 그 적막함과 외로움을 만끽했다. 산자락에 버려진 감나무에는 다 익은 주황색 감이 주렁주렁 매달려 있고, 이따금 저절로 익은 감이 제멋대로 떨어진다. 한적한 에움길을 따라가다 보면, 대여섯 채의 흙집이 골짜기를 비집고 들어선 한석골이 나온다. 빈집을 빼고 나면 겨우 다섯 가구가 사는 마을. 한석골로 내려서자 개 짖는 소리만 요란하게 골짜기를 흔든다. 이 집도 저 집도 주인은 없고, 개들만 집을 지키고 있다.

마을을 한 바퀴 돌고서야 만난 윤봉순 씨(57)는 밥 때를 놓친 내게 밥상까지 차려 주며 인정을 베푼다. 내가 괜찮다고 하는데도, 내 소매를 끌어다 그예 부엌 앞에 앉힌다. 생면부지의 나그네에게 기어이 밥을 먹이고 마는 인정이 한석골에는 남아 있었다. 가을이 깊어 한석골에는 집집이 무말랭이며 호박고지를 내걸고, 헛간에는 벌써 겨울 나기 장작이 수북하게 쌓여 있다. 한석골은 공주와 청양의 경계에 자리한 마을이다. 공주에서도 청양에서도 가기가 만만찮다. 때문에 한석골 가는 길은 여전히 외로운 길로 남았다. 그 외로움을 넘어가면 다시 청양 땅 이화리가 나온다. 이 고개를 짐때울고개라 부른다.

청양은 마을 장승이 가장 많은 곳

이화리(새점마을) 길가에는 나무를 깎아 세운 장승을 만날 수 있다. 길을 사이에 두고 양쪽에 3기씩 자리한 이화리 장승은 하나같이 옛날 대감 모자를 쓴 모습으로 조각되어 있다. 코와 입은 끌로 파고, 눈과 수염은 먹으로 단순하게 그렸다. 이곳의 장승은 한 해에 1기씩 세우고, 3년이 지난 것은 뽑아서 장승 뒤편에 썩어 없어질 때까지 그대로 둔다. 마을에서는 음력 정월 보름에 장승제를 지내는데, 이것을 '길의 신'에게 지내는 제사라는 뜻에서 '노신제路神祭'라고도 했다. 알다시피 장승은 길의 신이다. 마을의 나가고 들어오는 입구에서 장승은 길을 통해 들어오고 나가는 모든 액귀와 행운을 가려서 들이고 가려서 내보낸다. 마을 사람은 길을 떠날 때 장승에게 무운을 빌고, 나그네는 마을로 들어서며 태평을 기원한다.

이화리와 비슷한 모양의 장승은 대치면 대치리, 정산면 송학리, 대박리, 용두리, 천장리에도 있다. 이곳들의 장승은 대부분 멋을 부리지 않고 단순, 소박한 게 특징이다. 남장승은 대감 모자를 썼고, 여장승은 비녀를 꽂았을 뿐이다. 때로 위압적이고, 때로 해학적인 표정은 먹으로 대충 그려 놓았다. 해서 무슨 무슨 장승 공원의 지나치게 솜씨를 부린 인공적인 장승에 비해 훨씬 친근하게 느껴진다. 사실 청양은 마을에서 깎고 세운 장승을 우리나라에서 가장 많이 볼 수 있는 곳이지만, 이 사실을 아는 이는 드물다. 뭐 안다고 해서 요즘 사람들이 장승에 관심을 가질 리도 만무하다. 장승의 고장답게 칠갑산 장곡사 가는 길목에는 장승공원도 들어서 있다. 이곳에서는 해마다 4월 중순에 장승축제를 열고 있지만, 어쩐지 너무 인위적인 냄새가 나고, 장승도 썩 자연스럽지 못하다.

칠갑산에 온 이상 장곡사를 그냥 지나칠 수는 없다. 장곡사에는 철조약사불좌상과 미륵불괘불탱화 같은 국보를 비롯해 장곡사 큰북과 통나무

그릇과 같은 문화재가 눈길을 끈다. 하대웅전 들목에 자리한 통나무 그릇(7미터)은 마치 커다란 쇠죽 통처럼 생겼는데, 오래 전 장곡사 승려들이 밥통 대신 사용하던 그릇이라고 한다. 장곡사 큰북도 여느 절의 것과는 영판 다르다. 본래 경을 외울 때 썼다는 이 북은 코끼리 가죽으로 만들었다고 전해 온다. 지금은 앞뒤가 모두 찢어지고, 구멍이 나 있는 상태다. 조선시대 건물인 설선당의 소박한 아름다움도 남다르다. 설선당은 참선을 위한 선방인데, 화려하지 않은 겉모양이 되레 정겹게 느껴지는 건물이다. 장곡사의 가장 큰 특징은 위아래 각각 상대웅전과 하대웅전이 자리한 보기 드문 가람 배치에 있다. 상대웅전 앞뜰에는 1000년이 넘는 이 절의 역사를 말해 주듯 850년쯤 묵은 홰나무 한 그루도 서 있다. 홰나무 둥치에 서면 장곡사 골짜기가 다 내려다보인다.

:

새점마을 장승은 옛날 대감 모자를 쓰고, 코와 입은 끌로 파고, 눈과 수염은 먹으로 단순하게 그렸다.

여행일기

나는 시대착오적인 향수병자임에 틀림없다. 새것의 깨끗함과 세련됨보다는 오래된 것의 손때 묻음과 닳음, 빛바램, 쓸모없음, 아직은 이런 것들에 더 애착이 간다. 낡고 비틀어진 집과 세간, 그리고 옛 빛에 잠긴 마을과, 동구에서 마을로 구불구불 이어진 고샅길과, 누군가는 미신이라고 몰아붙이는 서낭당과, 아직도 빨래 방망이 소리가 청명하게 들리는 개울과, 개울을 얼금설금 질러가는 섶다리와, 나룻배 한 척이 한가롭게 흔들리는 나루터 같은 것들. 만일 그것들이 늘 존재하고, 어디를 가나 볼 수 있는 흔한 것들이라면 이제껏 나는 그것들을 찾아 떠돌지 않았을 것이다. 그것은 사라져 가고 있기 때문에 남기고 싶은 정서를 자극한다.

제주 무신궁에서 화천사까지

당신상을
아는가

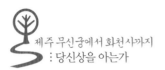

　　　　　　　여기 돌이 있다. 그저 이건 돌이다. 구멍이 숭숭
뚫린 현무암이다. 얼핏 보면 화강암이나 대리석에 비해 쓸모도 없어 보
인다. 하지만 화산섬인 제주에서는 이 돌이 집 짓는 바탕 돌이 되고, 정낭
을 거는 정주석이 되고, 집과 밭에 둘러치는 돌담이 되고, 성을 지키는 돌
하르방이 되고, 소원을 비는 방사탑이 되고, 당집에 모시는 당신상이 되
고, 죽어 가는 산에서도 무덤을 에두르는 산 담이 된다. 육지의 흔한 돌에
비하면 그 소용이 몇 배는 되는 것이다. 제주는 돌의 섬이다. 삼다三多인
돌·바람·여자 중에서도 돌이 먼저다. 하늘에서 제주를 내려다보면, 구
불구불 초록색 들판을 구획하며 들어선 기하학적인 무늬를 발견할 수 있
을 것이다. 이것이 모두 돌로 된 밭 담이다.
　바람 많은 제주에서의 삶이란, 끊임없는 바람과의 싸움이라 해도 지나
친 말이 아니다. 밭 담을 비롯한 제주의 돌담은 바로 그 싸움의 과정이 만
들어 낸 생활 문화의 유산이다. 제주에서는 집과 밭은 물론, 통시와 무덤

316

까지도 돌담을 두르고 있다. 돌의 쓰임은 여기에 그치지 않았다. 마을의 안녕을 기리거나 풍수가 허한 곳에는 원뿔 모양의 돌탑을 쌓아 올려 '방사탑'을 세웠다. 뭍에서의 솟대에 해당하는 이 방사탑은 '까마귀'나 '거욱대' 등의 이름으로도 불렸으며, 탑의 꼭대기에는 동자석이나 신상, 돌하르방 또는 까마귀를 닮은 석상을 올렸다. '방사탑'이 뭍에서의 솟대 노릇을 했다면, 제주의 상징으로 통하는 돌하르방은 뭍에서의 장승 노릇을 했다. 마을의 수호신으로 통하는 이 돌하르방은 현재 제주시에 21기, 성읍리에 12기, 대정읍 인성리와 안성리, 보성 등에 12기, 합쳐서 45기가 남아 있다. 돌하르방의 공통된 특징은 왕방울 눈에 커다란 주먹코, 벙거지 모자를 쓰고 있다는 것이다. 대체로 제주의 돌하르방은 조선 영조 때인 1754년쯤 세워진 것으로 추정되며, 주로 성문 앞이나 마을 들머리에 세워져 있다.

친근한 이웃의 얼굴, 당신상

제주는 이토록 많은 돌 문화를 지녔지만, 무엇보다도 나의 관심을 끈 것은 바로 당신상堂神像이다. 당신상은 과거 해신당이나 할망당에 모시던 무속적인 석상을 일컫는다. 나는 감히 이것이 제주도 문화의 으뜸이라고 생각한다. 돌하르방이 주로 성과 마을을 지키는 수호신 노릇을 했다면, 당신상은 사람들의 질병을 다스리고, 무사 안녕을 기원하는 주술적이고 종교적인 기능을 담당했다. 돌하르방은 열이면 열 왕방울 눈에 커다란 주먹코, 벙거지 모자를 쓰고 있지만, 당신상은 백이면 백 그 모양과 크기와 표정이 모두 다르다. 어떤 것은 마치 금실 좋은 부부의 모습을 새겨 놓은 듯하고, 어떤 것은 천진난만한 어린아이의 형상을 띠고 있다. 또 어떤 것은 해학적인 달마의 모습을 한 신상도 있으며, 마치 도깨비처럼 순진해 보이는 신상과 눈을 부릅뜬 외눈박이 신상도 만날 수가 있다.

사실 이 당신상이 품고 있는 의미 또한 여러 가지여서 어떤 것은 부스럼이나 종기 같은 아이들의 질병 치료를(제주시 화북동 윤동지 영감, 봉개동 뒷솔할망, 화북동 베릿내 일레할망), 또 어떤 것은 맑고 찬 샘물이 마르지 않기를(제주시 이도동 물할망), 나아가 개인의 행운과 마을의 평안(대정읍 인성리 방사탑에 모신 당신상) 혹은 풍년과 풍어는 물론 건강과 재물을 기원하는 의미(회천동 화천사 당신상)까지 있다. 마치 사람들이 무당의 굿을 통해 기원하던 내용들이 이들 석상에 고스란히 깃들어 있는 셈이다. 이 의미심장한 당신상을 보기 위해 나는 가장 먼저 제주민속박물관에 있는 무신궁巫神宮을 찾았다.

현재 제주도에는 섬 전체에 160위가 넘는 당신상이 남아 있는데, 그 중 143위가 무신궁에 모셔져 있다. 당신상을 모신 제주 무신궁은 '신들의 궁전'이라 할 만한데, 최근에도 이곳에서는 당신상을 앞에 두고 큰굿이 열리곤 한다. 자세히 보면, 당신상은 빛이 비추는 방향에 따라 돌에 새겨진 얼굴의 윤곽이 달라지고 표정이 바뀐다. 또한 당신상의 모델은 그저 우리 주변에서 만날 수 있는 친근한 이웃의 얼굴들이다. 천진한 아이부터 누이, 오빠, 어머니, 아버지, 할머니, 할아버지, 이웃집 아저씨, 아주머

무사 안녕을 기원하는 주술적이고 종교적인 기능을 했던 당신상.

319

니가 여기 다 모여 있다. 신상을 부르는 이름
도 예를 들면 '아무개 할망', '아무개 영감'이
다. 물론 '미륵보살'이나 '영등대왕'처럼 위
엄을 지닌 이름도 있긴 하다.

내가 한창 당신상에 빠져 감탄을 연발할
때, 누군가 박물관 계단에 서서 손짓을 하며
나를 불러들였다. 박물관장인 진성기 선생
(70)이다. 들어와서 차나 한잔 하란다. 그가
손수 물을 끓여 차를 내왔다. 무신궁에 모셔
놓은 143위의 당신상은 모두 그가 손수 제주
도 곳곳을 돌아다니며 찾아내고, 버려지다시
피한 것을 거두어 여기에 앉힌 것이다. 과거
제주도에는 '당 500, 절 500'이라 할 만큼 당
과 절이 많았다. 그러나 오늘날 그 많았던 당
과 절은 상당수가 사라져 버렸다. 특히 당집
은 미신이라는 이유로 조선을 거쳐 현대에까
지도 많은 시달림을 받았다. 제주에서는 무당
을 가리켜 '심방'이라 부르는데, 이들 또한 시
달림을 피해 갈 수 없었다. 더욱이 4·3항쟁
때 수많은 마을이 불타면서 당집도 고스란히
피해를 입었다.

⋮

1 '신들의 궁전'인 무신궁에는
모두 143위의 당신상이 모셔져 있다.
2 당신상 중에는 외눈박이를 한
도깨비 모습과 흡사한 신상도 눈에 띈다.

⋮

1 당신상은 그저 옆집 할망의 인자한 모습이요,
이웃 부부의 평범한 얼굴이다.
2 화천사 당신상의 모습은 언젠가 TV에서 보았던
이스트 섬의 모아이 석상과도 닮았다.
3 회천동에 있는 화천사에는
석불로 부르는 당신상이 모두 다섯 분이다.

모아이 석상을 닮은 당신상

사실 뭍과 뚝 떨어진 섬나라에서 무속은 그들이 믿고 의지해 온 유일한 종교였다. 온갖 시달림 속에서도 제주에서 그나마 무속이 명맥을 유지해 올 수 있었던 것은 바로 그런 민중의 뿌리 깊은 믿음 때문이다. 지금도 제주에서는 간혹 10~15일이나 걸리는 큰굿이 열리기도 하며, 해마다 칠머리당굿과 영등제도 열린다. 진성기 관장은, 제주를 알려거든 먼저 무속을 알아야 한다고 말한다. 또한 제주의 문화를 살리려면 무속의 본래 모습을 복원해야 한다고. 그는 재정적인 어려움에도 불구하고 1964년 개인 돈을 들여 사설 박물관을 열고, 그곳에 무속과 민속에 관련된 수천 점의 자료와 도구들을 들여앉혔다. 때로는 봇짐을 싸서 자리를 옮겨야 했지만, 그는 끝끝내 박물관을 지켜 냈다. 뿐만 아니라 그런 어려움 속에서도 그는 『제주도 무가 본풀이 사전』을 비롯해 수십여 권의 민속 관련 책과 자료집을 냈다.

그는 제주도를 찾는 많은 관광객들이 이름난 관광지만을 찾는 것이 안타깝다고 했다.

그건 제주의 겉모습만 구경하는 것이지 속내를 들여다보는 것이 아니라고. 나 또한 그런 생각에 동감한다. 내게는 성산 일출봉이나 섭지코지도 좋지만, 사실 그것은 당신상만큼 가슴에 오래 남지 않았다. 당신상만큼 야릇하고, 뭉클하지도 않았다. 진성기 관장이 없었다면, 이 좋은 구경을 할 수나 있었을까. 내가 당신상에 커다란 관심을 보이자, 그는 화북동에 있는 '윤동지 영감당' 에도 가 보라고 한다. 윤동지 영감당은 무신궁에서 지척인 1킬로미터 남짓 거리에 있다. 물어물어 간신히 찾아낸 그곳에는 당집 대신 돌담이 둥그렇게 울타리를 치고 있었다. 마치 그건 끝까지 당신상을 지켜 내려는 마지막 성곽과도 같았다. 그 돌담 한쪽 끝에 당신상을 모신 신단이 있다. 돌판을 사방에 잇대 비가림을 한 신단 속에서 윤동지 영감은 창호지로 옷을 해 입은 채로 앉아 있었다. 보기 드물게 옷을 해 입힌 당신상이다. 때문에 얼굴의 모습은 살필 수가 없다.

　윤동지 영감은 아이들의 부스럼과 질병을 치료해 주는 당신상인데, 그 내력은 정확하지가 않다. 다만 전설에 따르면 옛날 이 동네에 살던 윤씨가 고기잡이를 나갔다가 사고를 당해 돌아오지 못했다고 한다. 결국 그는 당신으로 이곳에 들어와 앉은 셈인데, 아마도 생전에 그는 아이들의 부스럼을 치료해 주던 자상한 노인이 아니었나 싶다. 윤동지 영감당 주변은 잡풀이 우거져 쑥대밭이 다 되었다. 찾는 이도 별로 없어 그리로 다닌 발자국 흔적조차 없다. 시대가 변했다고, 질병을 치료해 준다는 당신의 효험까지 변할 리 만무하건만, 당신은 이렇게 쑥대밭 한켠에서 조용히 잊혀지고 있다.

　회천동에 있는 화천사에도 멋진 당신상이 남아 있다. 여기에는 석불

(60~70센티미터)이라고 부르는 당신상이 모두 다섯 분이나 된다. 당집에 모시면 당신이 되고, 절집에 모시면 석불이 된다. 이들 석불을 모신 화천사 뒤란은 습한 곳이어서 이끼와 콩란(콩을 반쪽 쪼갠 듯한 모양의 난초)이 가득하고, 석상에도 이끼와 콩란이 다닥다닥 붙어 마치 그 모습이 저마다 푸른 옷을 해 입은 것처럼 특이하고 운치가 있다. 더욱이 석불을 둘러싼 몇 그루의 고목조차 온통 이끼 옷과 콩란을 뒤집어쓰고 있어 꼭 이국적인 정글의 나무를 보는 듯하다. 석불 가운데 어떤 것은 언젠가 TV에서 보았던 이스트 섬의 모아이 석상과도 흡사하다. 우리나라 민속학자 가운데는 돌하르방을 비롯한 제주도의 석상이 남태평양 섬나라의 석상과 그 문화적인 연대의 끈을 대고 있다고 주장하는 사람도 있다.

어찌됐든 이곳의 석상은 필름이나 머릿속으로만 담아내기에는 분명한 한계가 느껴질 만큼 매혹적이다. 그들은 끊임없이 무언가를 이야기하고 있었지만, 그것이 무엇인지 알아듣기에는 내가 너무 일천했다. 뒤란에서 셔터 소리와 발자국 소리가 들리자, 무슨 일인가 궁금했는지 화천사 스님이 나오셨다. 스님은 사진이 잘 나오도록 석불의 얼굴까지 뻗어 올라간 콩란을 하나하나 뜯어냈다. 이렇게 뜯어내지 않으면 콩란이 어느새 얼굴을 다 덮어 버린다는 것이다. 화천사는 최근에 생겨난 절이다. 1702년 본래 있던 절집이 소실되고 1968년에야 그 자리에 화천사가 세워졌다. 마을 사람들에 따르면 이곳에 있는 당신상은 옛날에 있던 절집이 소실되기 이전부터 있어 왔다고 한다. 그러므로 최소한 300년이 넘었다는 얘기다.

돌하르방보다 오래된 제주의 대표 석상

내 마지막 발길은 대정읍 인성리로 향했다. 화천사가 제주도 동북쪽에 있다면, 인성리는 서남쪽 끝자락에 자리해 있다. 이곳에서는 방사탑 위에 앉혀 놓은 두 분의 당신상을 만날 수가 있다. 2기의 방사탑은 약 100여 미터의 거리를 두고 각각 마을 앞 너른 밭을 차지하고 들어서 있다. 할망(여신, 음)과 하르방(남신, 양)이 이곳의 당신인데, 그 모습이 마치 옆집 할머니 할아버지처럼 친근해 보인다. 인성리의 방사탑과 당신상은 1900년쯤 생긴 것으로 추정된다. 이문사라는 사람이 마을 남쪽에 있는 '박쥐오름'이 흉산이니, 그 흉함과 액운을 막으려면 탑을 세울 것을 권해 풍수가 허한 마을의 동서남북 네 곳('알뱅디'라는 들판)에 방사탑을 쌓았다고 한다. 지금은 그 중 동서 방향 2기만 남아 있는 것이다.

1951년 이곳에 육군 훈련소가 들어서면서 방사탑 3기를 모두 헐고 막사를 지었는데, 전하는 이야기에 따르면 방사탑을 헐자 그 뒤로 이곳에 괴질이 도는 등 계속해서 액운이 생겼다고 한다. 하여 1961년 방사탑 1기를 복원하고, 이웃 마을인 사계리에도 방사탑을 세워 액운을 막았다는 것이다. 지금도 흉산으로 알려진 박쥐오름에는 군용 레이더 기지가 자리를 차지하고 있어 인성리 방사탑과 묘한 대조를 이룬다. 내가 인성리를 찾았을 때, 방사탑이 우뚝 선 들판에는 감자 수확이 한창이었다. 당신상을 모신 방사탑을 뒤로하고 감자를 캐는 사람들. 아마 생전의 당신도 이곳에서 밭을 갈고, 감자를 캐다가 저녁이면 타박타박 걸어서 집으로 돌아갔을 것이다.

'당신'은 바로 생전의 당신이다. 거기에는 모두 저마다의 사연과 내력을 지니고 있다. 애당초 제주도에 당신상이 생겨난 시기는 정확히 알 수 없지만, 최소한 수백여 년 전으로 거슬러 올라간다. 당집이나 방사탑의 역사와 당신상의 역사는 거의 일치할 것으로 보인다. 약 250여 년 전에 생긴 것으로 보이는 돌하르방보다 훨씬 이전부터 당신상은 이미 제주를 대표하는 석상이었던 셈이다. 그럼에도 이제껏 당신상은 돌하르방보다 훨씬 못한 취급을 받아 왔다. 내가 보기에는 당신상이 돌하르방보다도 훨씬 예술적이고 미학적이며 민속적이다. 당신상은 일부러 기교를 부리지 않고도 신상의 모습을 매혹적으로 표현해 놓았다. 그저 있는 돌에 윤곽선만을 새겨 얼굴을 그려 냈고, 얼굴 부분을 제외한 몸뚱이는 그대로 현무암의 거친 질감을 살려 자연미를 드러냈다. 이것은 돌하르방처럼 과장되지도 않았고, 장승처럼 무서운 모습도 아니다. 그저 옆집 할망의 인자한 모습이요, 뒷집 아이의 천진한 얼굴이다. 숭배와 경외의 대상이기에 앞서 친근하고 천진하며 해학적이어서 누구라도 편하게 다가가 이야기를 털어놓아도 좋을 듯한 얼굴! 저기서 당신이 환하게 웃고 있다. 그러나 가만 보면, 당신은 조용히 울고 있다.

제주 중산간 목장지대에서 바라본 저녁의 한라산.

여행 일기

시인 최갑수와 제주도를 여행한 적이 있다. 3월이었고, 가는 날부터 날씨가 좋지 않더니 이튿날에는 엄청난 폭설이 내렸다. 제주도의 봄을 담고자 했으나, 때 아닌 제주도의 눈을 담아 가야 할 판이었다. 그런데 희한한 일이 연속적으로 일어났다. 우리가 자리를 옮길 때마다 퍼붓던 눈이 그치고 맑은 하늘이 드러나 사진 찍기 딱 좋은 환경을 만들어 주는 것이 아닌가. 우리가 철수하려고 카메라를 거두자마자 하늘은 또 금세 어두워지며 눈발을 날리고, 자리를 옮겨 차에서 내리면 또 하늘이 개고. 무려 네댓 차례나 이 희한한 현상은 계속됐다. 이 현상을 두고 우리 둘은 서로 하늘이 자기를 돕는 거라고 우겼다. 우연히 만난 제주도의 모 사진가에 따르면 한라산 중산간이 원체 날씨 변화가 심해 한라산을 중심으로 동서남북의 날씨가 모두 다르다는 것이었다. 그러니까 그 현상은 제주의 자연적인 현상이고, 우연의 결과일 뿐이라는 것이었다. 그래도 그렇지 꼭 그런 걸 과학적 논리로 설명할 필요는 없지 않은가. 그래서 제주도를 함께 다녀온 우리는 아직도 그때의 일을 초자연적 힘이 우리를 도운 것이라고 우기며 다니기로 했다. 🖋